ラルーナ文庫

妖精王と溺愛花嫁の聖なる子育て

相内八重

三交社

CONTENTS

Illustration

白崎小夜

妖精王と溺愛花嫁の聖なる子育て

本作品はフィクションです。
実際の人物・団体・事件などにはいっさい関係ありません。

1

鳥のさえずりと、柔らかく吹き込む、緑葉の香りのそよ風。

静かな光が室内に届いて、エルフの村に朝がやってくる。

優しい気持ちで目覚めたルアンは、大きな瞳（ひとみ）をしばたたかせた。まだ少し眠くて、寝台から下りられない。

隣に横たわっているからだに近寄ると、布地越しにあたたかさを感じた。思わず頰（ほお）を擦り寄せ、たくましい肩を目で追う。

同じ寝台で眠っているのは、耳のとがりが特徴的なエルフの男だ。

引き締まった頰と、形のいいくちびる。そしてすっきりとした鼻梁（びりょう）。

まっすぐな長髪が白銀の糸のような彼は、目を閉じていても美しい顔立ちをしている。

名前はナイオル。この村の長（おさ）にして、各地に散らばったエルフをまとめる青年王だ。

そして、ルアンの『夫』でもある。

長いまつ毛が揺れたことに気がつき、ルアンは今朝（けさ）もナイオルの目覚めを見守る。ぼんやりと開いた瞳の色は、新緑を映したガラス玉のように澄み、輝いていた。

「おはよう、ルアン」

寝ぼけた甘い声で、ふっと微笑まれる。ルアンの胸の奥では、ポッと小さな火が灯った。

「今朝も、最初に見たのがおまえの顔で、わたしは幸せだ」

頰に手のひらが当たり、抱き寄せられる。

まずは額にくちづけが当たった。それからくちびる同士が柔らかく触れ合う。

「今朝も生まれたてのように愛らしい」

毎日、毎日、ナイオルは飽きもせずに甘い言葉をささやいてくる。それは結婚を申し込まれ、受け入れる前からずっとだ。

ルアンは、生粋のエルフではない。元は人の子のハーフエルフで、この村から遠く離れた山間の、小さな宿場町で生まれ育った。

本当なら、人間の女の子を嫁にもらうはずの、ごく普通の少年、だったのだが……。

旅をしていたナイオルに見初められ、エルフの祝福を受けられると迷信を信じて喜んだ村人たちから熱烈に薦められた結果、なんとなく断れないままに結婚してしまった。

優柔不断だけが原因じゃない。男同士だということにも疑問を抱かない周りに流されたのは、蜂蜜よりも甘いナイオルの口説き文句に、ルアンはもうすっかり恋に落ちていたからだ。

でも、恋ごとには疎くて、自分から「結婚を受ける」と決断することができなかった。

ルアンは元々、村の女の子たちからもからかわれるほどの童顔だ。女の子たちに恋されることもなく、男の子たちからも距離を置かれ、夏祭りのたびに繰り広げられる色恋沙汰に関わることはなかった。『みんなの小さな男の子』。それがルアンの呼び名だった。

いじめられていたわけじゃない。いまになって考えると、とても大事にされていたのだ。まるで、永遠に大人にならない子どものように。

物思いに飛んでいたルアンの背中に、ナイオルの手が回る。甘い声が耳元に聞こえた。

「琥珀の髪。瑪瑙の瞳。わたしのルアン」

ナイオルの手のひらが、背中をすっと撫でる。指先に確かな意思を感じ、ルアンは慌ててナイオルの胸を押し返した。

「朝からは、だめ……だから」

断るだけで頬が真っ赤になってしまう。ルアンはうぶだ。

結婚して二年。夜の夫婦生活も、数日に一度はあるのに、それでもまだ、明るいうちから抱き合うことには抵抗があった。

「なにもしない。キスだけなら、いいだろう……」

柔らかな息を吹きかけられ、ルアンはたちまち夢見心地になる。くちびるが重なり、押し返そうとした腕ごと抱きしめられる。いつのまにか、上着の裾（すそ）が引き上げられ、ナイオルの手が直（じか）に背筋へ触れた。

「んっ……はっ……ぁ」

最後に営みを持ったのは、三日前の夜だ。もうそろそろ、ナイオルは焦（じ）れている。

キスの合間に薄くまぶたを開いたルアンは、美しい夫を盗み見た。無理強いはしない男だ。肌に触れているだけで、結局は我慢するだろう。

だからこそ、申し訳がない。中途半端に焦らすのは酷だと思い、身をよじって逃げようとしたが、またしっかりと抱き直された。

「瞳を閉じていればいい。朝も夜も、変わらない」

「だ……めっ……。見る、でしょ……。見られたくない」

夜は闇（やみ）の中だ。枕元（まくらもと）にろうそくを灯していても、朝や昼の光ほどはよく見えない。

「この前の水浴びのときに、見たじゃないか」

「あのときだって……」

思い出したルアンは、むっとした。上目遣いにナイオルを睨（にら）みつける。

「触らないで、って言ったのに」

「最後まではしなかった」

「触らないで、って言ったんだよ」

村からすぐの場所にある泉で水浴びをして、いつのまにか岩陰に追い込まれていた。恥ずかしいからイヤだと言ったのに、抱き合っていればなにも見えないと言われ、お互いを慈しみ合ってしまったのだ。

「あれは、気持ちよかったな、ルアン。おまえの手はひんやりと冷えていて」

「もうっ……。反省しないんだから！」

チュッとくちびるにキスをして、ルアンはからだを起こした。横たわったままのナイオルに見上げられる。美しい顔立ちは、決して好色ではない。

でも、ルアンを組み敷くときだけ、激しいほどに凛々しく野性的になる。

思い出したルアンの鼓動は、早鐘を打ったように騒がしくなってしまう。それさえ知っているナイオルが目を細めた。

「どうして反省する必要があるんだ。おまえは、わたしの運命の相手だ。この世界中、どこを探しても他にはいない、たったひとりの愛妻だ。いつ、どこでだって愛し合いたいし、わたしの愛の深さを試して欲しい。……わかるだろう、ルアン」

柔らかな声でささやかれ、そっと指先を握られる。

からだにぞくぞくっと震えが走り、真っ赤になったルアンは激しく髪を振り乱して、首を左右に振った。

「か、顔を洗ってくる……っ」

寝台を飛び下りて、寝室から逃げ出す。

石づくりの廊下を歩きながら、激しく脈打っている胸元を押さえた。きれいな顔と甘い声で求められると、すぐにほだされそうになる。一緒に暮らすようになってから、ルアンはますますナイオルが好きになった。

弓の名手で、小型ハープの演奏がうまい。博識をひけらかすこともなく、なによりもルアンの話を最優先に聞いてくれる。

一緒にいて楽しい相手だ。退屈するということがない。

苦しいほどのせつなさを覚え、ルアンは足を止めた。さっきのやりとりで、からだは欲望を感じている。下半身に熱を感じ、ルアンはゆっくりと息を吐いた。

人を好きになることさえ知らなかったのだ。まずはそこから教えられ、優しい愛情を育んできた。

うぶな自分だから好きになってもらえたのかもしれないと思うと、欲望に素直になれない。からかって、反応を楽しんでいるだけなら、きっとがっかりさせてしまう。

そして、なによりも、一度でも昼日中の行為を許してしまったら、止まれないのは自分の方じゃないかとルアンは不安になる。

水浴びのときも、よっぽど続きをせがみたかった。嫌だと口では拒んだが、本当はして欲しかったのだ。

ルアンはため息をついて、肩を落とす。そしてすぐに、迷いを打ち消すように髪を振った。

「ねぇー。ルアンったら」
「聞いてるの？　聞いてるの？」
「ルアン、ルアン」

新しい薬草畑を耕すルアンの周りを、リンリンと涼やかな音が飛び回っている。小妖精（ピクシー）たちの羽音だ。

大人の手のひらから頭ひとつ飛び出す程度の大きさしかない彼らの多くは、外敵から身を守るためエルフの村で暮らしている。

ナイオルが長を務めるオ・ニール村のピクシーたちは、半年周期で生まれ変わる種族で個別の名前は持たない。

花や葉っぱで作ったドレスをまとい、向こう側が透けるほど薄い羽根を鳴らしながら飛んでいる。性別は女だろう。確かめたことはないが、よくよく見ると、みんな長いまつ毛の愛らしい顔をしていた。性格は幼く短慮で、おしゃべり好きだ。

「聞いてるよ。でも、いまは返事できない」

クワを振り下ろし、土を掘り起こす。力仕事は得意じゃないから、すぐに息があがってしまう。

ルアンの日々の仕事は薬草畑の管理だ。自分専用の区画を用意してもらい、エルフの仲間たちの指導の下で、少量の栽培に向いている薬草をあれこれと植えている。まだ手慰み程度のものだが、畑は年々大きくなっていた。

オ・ニール村の主産業は薬だ。薬草そのものだったり、調合した薬だったりを村単位で管理して、他のエルフの村と物々交換して暮らしている。最近になってようやく、ルアンの薬草も取り扱ってもらえるようになった。

たまに鉱石彫りが生業（なりわい）の『ドワーフ』や半人半獣の『ケンタウロス』もやってきて、それぞれ必要なものを交換していく。

人のように通貨を持たないのが彼らの特徴だ。

「ねぇ、休憩しましょう。休憩」

「そうよ、ルアン。休憩がいいわ」

せっつかれて、ルアンはしかたなく腰をまっすぐに伸ばした。

ピクシーたちはさっそくお茶の準備に取りかかる。でも三匹でカップひとつをやっと持ち上げるような危うさで、それもすぐに落ちて転がってしまう。

「いいよ、自分でやるから」

クワを置いて畑から出たルアンが、草の上に広げた布の上に座ると、ピクシーたちも思い思いの場所で羽を休めた。

あるものは茶器セットのかごの角。あるものは花の上。布に寝そべるものもいる。

「さっきの話よ。ルアン」

「なにの話だった？　畑を耕すので必死で、ところどころ聞き逃したよ」

そうでなくても、一斉に話すピクシーたちの声を聞き分けるのは難しい。

「だからね……」

ピクシーたちは文句を言わなかった。

ナイオルの妻となるためにやってきたときは、それぞれが嫉妬で顔を真っ赤にして怒っていたが、ふたりの仲睦まじさを見るにつけ、一匹、また一匹といじわるをあきらめたのだ。

　もちろん、ナイオルが頭を下げて回った効果も絶大だった。

「子どもはまぁだ、って言ったのよ」

　ピンクの花びらをドレスにしたピクシーが、石の上でつま先立ちになる。ガラス細工よりも繊細な羽根がふるふるっと震え、柔らかく甲高い音がした。

「あぁ……、そのこと」

　ボトルの栓を抜き、カップに薬草茶を注いだルアンは眉をひそめた。

　つい先日、時期を見ているのだから焦らせるなとナイオルにたしなめられ、すっかり落ち込んでいたのに。もうすっかり忘れている。

「子作りはしているのよね？」

　布に寝そべった、葉っぱのドレスのピクシーが仰向けに転がって笑う。

「この前、あんまりにも星がきれいだから散歩をしていたら、ふたりの寝室に差しかかったの」

「あら、見たの？」

　黄色い花びらドレスのピクシーが興奮したように羽を震わせた。

「見たりしないわ。ナイオルに叱られるもの。でも……」

「でも？」

「でも、でも？　なぁに？」

数匹のピクシーたちがひとところに集まった。

「その話は、いいんじゃないかなっ！」

カップを両手で持ったルアンはうつむいた。恥ずかしさで頬が真っ赤になる。

「あんな声だったんだから、できないわけはないわよ」

どこからともなく、紫色のドレスのピクシーが飛んできた。

ルアンの琥珀色の髪の上で跳ねて、顔の前で羽を鳴らす。

「きもちいい、って言ってたじゃない」

「そ、れは……」

声が喉（のど）に詰まり、ルアンは薬草茶をひとくち飲んだ。焦りすぎて喉に詰まりそうになり、小さく咳（せ）き込む。

「きもちがいいと、生まれるはずよね？」

口を開いたのは、別のピクシーだ。羽音がリンリン響く。

「ナイオルが夢中だから、すぐに生まれると思ったのにね」

「そんなに簡単じゃないわよ。エルフの王だもの」

「簡単じゃないのは、ルアンの方よ」

「でも、そろそろじゃなぁい？」

ピクシーたちから一斉に視線を向けられ、ルアンはただ黙々と薬草茶を飲むしかない。なにも言いたくなかった。

ピクシーたちは花から生まれるが、妖精であるエルフは木の股から生まれるのだ。もちろん、木が出産するのではない。

夫婦となったエルフ同士が心の通った性交を果たしたとき、その魂が溶け合って真新しいエルフの命が作られる。そして、選ばれた聖樹のたもとに赤ん坊が現れるのだ。だから、エルフの夫婦は男女であるとは決まっていない。そもそも、男性エルフと女性エルフは一緒に暮らさない習慣だ。

男女が夫婦の誓いを交わして生まれた子どもは、性別によって育つ村が決まる。子どもは村のみんなが家族となって育てるので、両親が異性同士なら離れて暮らすのも普通のことだ。

年頃になったエルフたちは、自分の運命の伴侶を探す旅に出る。相手が見つかる者もいれば、見つからないまま期限が過ぎる者もいる。期限は本人が決めるもので、短期間で何度も旅に出るエルフも珍しくはない。

だが、エルフの恋は、その生涯に一度だけだ。運命の相手と子どもを成す。そして、相手の命が尽きるとき、伴侶もまた命を終える。

エルフとはそういう生き物だ。

「でも、ルアンの耳はとがらないわねぇ」

ピクシーの一匹が、ルアンの耳を引っ張った。首を振って逃れると、耳のそばから羽音が遠のいていく。

「ルアンは、エルフになったんでしょう？」

「人間がエルフになるわけないわよ」

紫のドレスのピクシーが、腰に手を当てて胸を張った。冷たく言われた相手が、頬を膨らませて威嚇（いかく）の体勢になる。

「ちょっと、ちょっと。ケンカはしないで」

慌てて仲裁に入ったが、こうなってしまってはどうしようもない。小さくため息をついて、ルアンは後ずさった。このまま畑に出たら、今度はみんなに責められるだろう。

おしゃべりと言い争いが、ピクシーたちの娯楽だ。とりあえず、ときどき諫（いさ）めながら見守るしかない。

できる限り早く終わって欲しいと願うルアンが片膝（かたひざ）を抱えると、睨み合う二匹のピクシーを眺めていた別の一匹が飛び上がった。

「あら。ひづめの音」

そう言うが早いか、ピクシーたちは一斉に舞い上がる。険悪だった二匹も後に続く。

ピクシーたちほど耳の良くないルアンにも、ひづめの音が届き、やがてひとりのケンタウロスが姿を見せた。

ケンタウロスは上半身が人間の姿で、腰から下が馬の姿をしている。エルフとは違い、山や森の深い場所で暮らし、人里には決して近づかない。

ルアンの生まれた村ではエルフも珍しかったが、ケンタウロスはもっと伝説的な存在だった。半人半馬の姿を初めて見たときは本当に驚いた。

まるで化け物でも見るような顔になってしまったが、当の本人も、その友人であるナイオルも、ルアンを責めたりはしなかった。ごく普通の反応だと、頬を引きつらせたルアンの顔を眺め、ふたりはおかしそうに笑った。

いまでも酒の肴(さかな)にしているようだが、そのことについてはルアンも見逃している。それが思いやりになると、ナイオルとの暮らしの中で知ったからだ。

それぞれの立場があり、それぞれの考えがある。それはすべて、相容(あいい)れない個性というもので、理解しようと寄り添ったり、ひとまずは見ないふりをしたりしてやり過ごす。

相手を大切に思うなら、互いの個性は時間とともに近づき、いつかひとつの価値観になっていく。

リンリンと羽音を鳴らすピクシーたちの歓迎に照れるでもなく応えたケンタウロスは、立ち上がったルアンにも手を振った。

上半身は褐色の肌。腰から下は見事な黒毛。そして、毛並みと同じく真っ黒な髪は短く、くるくると巻いている。

「ご機嫌いかがかな、エルフの細君殿」

気取った口調で言い、あげていた手を胸に押し当てた。青年の顔つきは凜々しいが、どこか陽気にも見える。

「フィキラ。久しぶりだね。旅はどうだった？」

ルアンが手を差し出すと、ぎゅっと強く握り返される。ルアンと並ぶと、フィキラは頭ふたつ分は背が高い。

「土産話はたくさんあるよ」

フィキラの金色の瞳がきらりと輝く。

ケンタウロスは森に棲む賢者だが、フィキラは旅することが好きな変わり者だ。オ・ニールの村で仕入れた薬草を元手にして、あちこちの村で物々交換を行い、これぞというも

のを手にして帰ってくる。

「今回は南の方へ行ってきたんだ。日に焼けただろう」

「……え」

ルアンは、思わず口ごもる。出会ったときからフィキラは褐色だ。前に会ったときと変わったようには見えない。

「元から黒いじゃな〜い」

「そうよ、そうよ」

ピクシーたちが騒ぐのを聞き、ようやくからかわれたのだと気がついた。

「相変わらずですね、フィキラ」

「君をからかったことは、ナイオルには内緒だよ。細君が絡むと、彼はどうにも心が狭い」

ふふっと笑って肩をすくめ、フィキラはピクシーたちにも言い含める。もちろん、彼らの口が綿毛よりも軽いことは承知の上だ。

「ナイオルには会いましたか？　これからでしょう。ちょうど昨日、あなたの話が出たんですよ。そろそろ帰ってくる頃じゃないかって」

「その様子じゃ、子どもはまだか」

「フィキラまで、そんな……。ぼくは、ハーフエルフだから」

ピクシーたちには言わない本音がぽろっとこぼれる。アッと声をあげてくちびるを押さえても遅かった。

ナイオルと婚姻の儀式を行い、初めて契りを交わしたときから、ルアンの成長は止まった。正確には老化が遅くなったのだ。

でも、実感はない。まだ結婚して二年だ。成長期はとっくに終わっていたし、契りを交わした翌日から数日間は寝込んでしまったが、大きな変化の自覚はない。

「ハーフエルフについては、あまりよく知られていないからね」

フィキラが気遣うように声をひそめた。

それほど、エルフと人間の同性夫婦は少ない。エルフは口伝を基本とするから、過去に例があったのかもわからなかった。

「子どもは作れるよ」

「そうでしょうか」

ルアンはふいっと視線を逸らした。物知りなフィキラは、いくつかの事例を旅先で聞いたことがあるらしいが、気休めにしか聞こえない。

「少なくとも、ナイオルはエルフの王だ。誰よりも力が強い。この村だって、彼の力で守護されているじゃないか。……ルアン、一番よくないのは、疑うことだ」

　顔をあげるように促されたが、ほんのわずかにあごをあげることしかできなかった。視界が滲んで、涙がこぼれそうになる。

「君の心が整うのを待っているんだよ、ナイオルは」

　そっと肩を叩かれ、ルアンは耐え切れずに涙をこぼした。うるさく飛び回っていたピクシーたちは、いつのまにか、木の枝に寄り集まって腰かけている。

「ルアンは、子どもが欲しくないのかい？」

「欲しいよ。ナイオルの、子どもだもん」

　幼い口調が出てしまい、くちびるを引き結ぶ。

　ルアンがナイオルと結婚したのは十八歳のときだ。それから二年が過ぎたが、ルアンは自分がまるで成長していないと感じている。成長が止まったのは、肉体ではなく、頭の中身の方なんじゃないかと思うたび、元から出来は良くないのだと思い知る。

　エルフとケンタウロスに比べれば、人なんて短命で浅慮な生き物だが、その中でもルアンは要領の悪い愚図だ。どうしてナイオルが自分を選び、運命だと感じてくれたのかがいまでもよくわからない。

　はっきりしていることは、見つけ出された自分は幸せ者だということだけだ。

エルフの王であるナイオルに溺愛され、毎日はなにごともなく静かに過ぎていく。幸せは身に余るような温かさでルアンを包み、ときどき胸が痛くなるほど不安になる。

「……ナイオルがね、話をしていたよ」

フィキラはその場で数回、足踏みをした。草の匂いが立ちのぼり、ルアンは自分の涙を拳で拭いた。

「ルアンの子どもはどんなにかわいいだろうかと話すんだ。……いつの話だと思う」

「……この前、遊びに来たとき？」

ルアンの言葉に、フィキラは静かにかぶりを振った。

「十年前だ」

「え？」

なにを言われたのか、すぐには理解できなかった。でも、ルアンにも思い当たる記憶がある。

初めて会ったとき、彼は十年待ち続けたと言った。

本当の出会いは、十八歳から遡ること、十年。

出会いがしらの運命を感じたまま、ナイオルは十年も待っていてくれたのだ。エルフには短い時間なのかもしれない。

でも、ルアンには果てしない時間に思えた。こんな自分を十年も忘れずにいるなんて、不思議な気がしたぐらいだ。

「もしも、きみが受け入れてくれないとしても、自分の気持ちは変わらないと言ったよ。彼は。それから、きみの子どもはどれほどかわいいだろうかと、そんなことを話していたんだ。求婚を断られるかもしれないと思っていた頃とはもう違う。彼はいつまでだって子どもの誕生を待つだろう」

「……フィキラ」

「なんだい」

「ぼくがね、さっき言ったのは……そういうことじゃない」

ナイオルの子どもが欲しいと言ったことだ。

エルフ王の子どもを見たいわけじゃなく、ナイオルとの間に子どもが欲しい。彼の子どもの魂の半分は、自分でありたい。そのためにはまず子作りだ。

「そうか。……わたしは、ナイオルの孤独な十年間を知っている。きみに覚悟がついたなら喜ばしいことだ」

そう言って、フィキラはからだの方向を変えた。つややかな尾が揺れるのを見て、ルアンはもう一度だけ目元を拳で拭(ぬぐ)った。

エルフがどれほど運命を感じても、人であるルアンが拒絶したら、結婚はできない。そうなっていたら、ナイオルは永遠にひとりだったのだ。

そうなっても、人間の娘と結婚したルアンの子どもを一目見たいと思っていたのだろう。

ナイオルの深い愛情を思い出しながら、ルアンは草の上に広げた布をたたみ、ボトルやカップと一緒にかごへ押し込んだ。

フィキラは少し先で待っていて、追いついたルアンの手からかごを取り上げた。

「今夜は、新月だ。恥ずかしがり屋のきみには最適な暗闇だろう」

「ねぇ、情緒って知ってますか」

聡明(そうめい)な賢者は、ときどき配慮に欠ける。軽く睨んだが、フィキラは気にも留めずに笑い飛ばした。陽気な笑顔で片目を閉じる。

「きみも言うようになったね。ここに来た頃は、なにを言っても物怖(ものお)じしていたのに」

「ぼくだって、ナイオルの十年を埋め合わせたいと思っているんです」

「彼には言ったのかい」

「それは……」

面と向かっては恥ずかしくて言えそうにない。

だけど、ふたりの子どもが欲しいのは本当だ。ふたりの魂が結合し、混じり合って生まれる新しい命でナイオルの孤独な十年を埋め合わせたい。

だから、『ナイオルの子ども』じゃなく、『ナイオルとルアンの間の子ども』が欲しい。そう口にするべきなのだろう。

「まだまだ、うぶだね」

声をあげて笑うフィキラは肩をすくめる。

「君はもうとっくに大人だろう。恥じらってばかりじゃ、相手を退屈にさせるよ。あいつは優しい男だけどね」

言われて、胸にちくりと痛みが走る。

結婚して二年。ナイオルのことを知るたびに、ルアンはその深い愛情に感謝してきた。結婚する前も、結婚してからも変わらない。

だからこそ、ルアンは探しているのだ。愛する夫に示せる最大限の愛情をずっと探していた。

＊＊＊

十年前の出会いを忘れていたルアンは、十八歳のときに会ったナイオルのあまりの美形ぶりに放心した。

自分が死んでしまったのだと思ったほどだ。

森の中へ木の実を拾いに行き、運悪く狼に追われ、嚙みつかれた足からは血が大量に流れていた。

なのに、痛みをまるで感じなかったからだ。

夕暮れ迫る森の片隅でさえ、ナイオルの銀糸のような髪は輝いて見えたし、ルアンのそばに膝をつき、傷を確かめる瞳の真剣さはこの世のものとは思えないほどの美しさだった。

「傷は浅い。服をちぎられた程度で肉も無事だ。運がいい」

勇気づけるように微笑みかけられても、答えられなかった。ぼんやりと見つめ返したルアンの瞳を覗き込んだナイオルは、具合が悪いと思ったのだろう。表情が一瞬で翳り、あっという間に抱き上げられた。

そこへナイオルの仲間が駆けつけ、少しばかりの口論の後で、ナイオルは自分ひとりがルアンを送っていくと言った。ふたりで騎乗した馬は、ルアンの傷の深さを承知しているかのようにゆっくりと歩いた。

日は傾き、あたりは次第に暗くなっていく。

ぽっくりぽっくりとリズムを刻む馬の背で、ルアンは自分が生きていることを改めて実感した。すると、狼に追われた恐怖が甦り、からだはぶるぶると震え出した。

ルアンのからだを支えていたナイオルの手に力が入り、「静かに、静かに」と甘いささやき声で繰り返し言われた。横向きに乗っていたルアンの肩がナイオルの胸に押し当たり、安心感を誘う体温に包まれた。見上げても美しい顔は凛としていて、夕暮れの空よりももっとせつなく見えた。

優しいささやき声のせいなのか。たなびいていた夕雲の色のせいなのか。ふいに心の奥がときめいて、理由のわからない焦燥に胸が痛くなった。もしもルアンが人並みの聡さを持っていたなら、それが恋の芽生えだとわかったのだが。

そんなことは微塵も想像しなかった。

ルアンの生まれ育ったのは、小さな宿場町だ。ほとんどの家は宿屋を営み、旅人に向けた商店も多い。

ナイオルの操る馬が町へ入ると、ルアンの帰りが遅いことを心配した近所の住人たちが広場に集まっていた。狼が出ることは前から噂になっていて、いよいよ犠牲者が出たかと危ぶみ、かがり火を持った捜索隊がいままさに出発しようとしているところだった。

ふたりを見た人々は、一瞬、あんぐりと口を開いた。その視線は、見事な毛並みの馬に向けられ、ルアンを支えるナイオルに釘づけになった。それからはもう、大変な騒ぎだ。

馬から降ろされたルアンは、町に帰りついた安堵感でようやく傷の痛みを自覚した。布の上に横たわり、医者の到着を待った。

そばに寄り添った母親が震えていることに気づき、その視線をたどったルアンは、自己紹介をしているナイオルの耳がとがっていることに気がついた。とがった耳はエルフの証だ。

ルアンの生まれた町では、人間とめったに関わらないエルフは吉兆とされていた。自分の生還よりもむしろナイオルの来訪に町の人々は浮足立っている。ルアンの肩を抱く母も、息子の幸運に、興奮を隠せていなかった。

ナイオルは、エルフの掟に従い、伴侶を探す旅をしていると告げ、町の人たちが喜んで宿を提供すると申し出たのを聞き、ようやく仲間を呼び寄せた。

ナイオルたちはいつ旅立つと公言せず、物珍しさや救いを求める人々の訪れにも嫌な顔ひとつしなかった。悩みを聞き、知恵を与え、子どもたちにはおとぎ話のような妖精世界の話をした。

ルアンの傷は深かったが、エルフの薬がよく効いて、表面上は驚くほど早く塞がった。痛みだけは続いたが、それもまたエルフの薬で散らせる程度のものだった。

そして、ナイオルたちが来て七日目の朝だった。

井戸のそばにたらいと手桶を出して髪を洗っていると、人の気配がした。ルアンが顔をあげると、ナイオルがしゃがんでいた。長い髪は背中でひとつに結んでいたが、耳のそばに、それぞれ一房ずつ垂らしてあった。

まだ人々の目覚めない早朝の光は、優しく白銀の髪を輝かせる。

「おはようございます」

ルアンは静かに声をかけた。傷の具合を心配して、毎日のように見舞いに来てくれていたから、もうすっかり顔馴染みだ。

「おはよう。手伝おうか」

ナイオルに言われ、ルアンはぎこちなくうなずいた。無性に恥ずかしかったのは、年頃の女の子たちがみんな、エルフの美しさに熱をあげていたからだ。男たちもまた、博識に加え、弓術に秀でた彼らに憧れの目を向けていた。

初めのうちこそ、狼に襲われたおかげだとルアンをもてはやしていたが、きっかけなんてすぐに忘れ去られる。ルアンと狼のことは話題に上がらなくなり、見舞いついでにエルフとの出会いについて聞きに来ていたみんなの足は遠のいた。

誰もがエルフたちに夢中になっていた。それはもちろん、ルアンも同じだ。

町全体が熱に浮かされ、幸福な色を帯びていくような時間に、心躍らない者はいなかっただろう。

「お祭りを……」

ルアンはつぶやくように言った。同世代の少年少女たちからは虫の羽音みたいだと言われる小さな声も、ナイオルは聞き逃さなかった。

「あぁ、宴を開いてくれるという話だね」

その声はどこか物憂く聞こえ、髪にゆっくりと水をかけられているルアンは小さく肩を震わせた。

「冷たい？」

ナイオルに聞かれ、

「少しだけ」

と答える。それから、かすかに息を吸い込んだ。声を出す前に、ナイオルが言った。

「宴を潮時に、出発しようと思っているんだ」

「旅の途中、でしたね」

思わず溢(あふ)れそうになるため息をこらえていると、

「ルアン」

ナイオルに呼びかけられた。自分の名前がとても美しく聞こえ、ルアンは驚いた。誰が口にするよりも、母が口にするよりも、耳に甘く、そして優しく響く。

視線をわずかにだけ向けて、すぐに逸らした。手を伸ばし、髪を拭くための布地を引き寄せる。

布の端がたらいの水につきかけて、寸前のところをナイオルが摑んだ。

「きみは、わたしのことを覚えているかい」

そう言われ、ルアンは目を丸くして相手を見た。それはほんの一瞬だったが、ルアンには永遠のように長い時間に思えた。

ナイオルも、ルアンを見つめ返している。新緑の色をした瞳は、爽やかな初夏の風を思い起こさせた。

「あのときは、崖から落ちて、膝の下を切ったね。傷はもうすっかり消えていて、安心したよ」

「あ、の……」

「きみはまだ幼かったから」

ナイオルが視線を伏せた。顔のそばに垂らした髪が、柔らかく波を打つ。それを見ているルアンの胸はせつなく痛んだ。どこか甘酸っぱいような感覚に、いてもたってもいられない気分になる。

「もしも、きみに決まった人がいるのなら、身を引くつもりで来た。なにも言わず、去るつもりで」

「あの……」

なにを言おうとしているのか。ルアンにはまるで想像がつかない。恋に疎いと言っても限度があるが、それさえもわからないほど子どもだった。

からだは大人でも、心が飛びぬけて幼かったのだ。

「だけど、きみに決まった人はいないようだし。一番上のお兄さんは結婚して、子どももいるね。きみは将来、どうするつもりでいる？」

いきなり言われても答えられるはずがなかった。ナイオルの言う通り、一番上の兄は結婚して、すでに子どもがふたりいる。家業のパン屋はその兄が継ぐし、他の兄弟たちのようにやりたいことがあるわけではなかった。

できれば畑仕事をやりたかったが、そうなると過酷な小作人になるよりほかない。この町では、野菜売りの方がまだマシだ。

そんなことを考えたルアンは、ナイオルを待たせていたことに気づいて、ハッとした。すぐに夢見心地になるのは悪い癖だ。だからみんなに子ども扱いされてしまう。

「ごめんなさい」

「いいや、いいんだ。きみの、その瞳が好きだな」

そう言った瞬間、ナイオルは長いため息をついた。自分のくちびるを、長い指の先でなぞり、もう一度ため息をつく。

それから、指先を立ててみせた。

「悪いけど、いまの言葉、忘れてくれる？」

「え？」

「わたしが好きなのは、瞳だけじゃないから。……ルアン、きみが好きだ。初めて会った十年前からずっと、きみが大人になるのを待っていた」

ナイオルの瞳が柔らかく微笑み、ルアンは胸いっぱいに広がる感情を、恋なのだと自覚した。

いつもなら、もうすでにうつむいている頃だ。なのに、合わせた視線が逸らせない。恥じることも忘れ、ルアンは相手を見つめた。

「好きって……ぼくを？　男、なのに」

「性別は関係ない。わたしの運命の伴侶は、きみだ。心がそう告げている。十年前のあの日と、微塵も変わらないよ」

「だけど、でも……」

聞きたいことは山のようにあった。どうして、なぜ、どうして。繰り返し浮かんでくる疑問は、どれも言葉にならず、ルアンはただ混乱するばかりだ。

「もしも、きみが、わずかにでも運命を感じてくれるのなら。……わたしの伴侶になって欲しい。ただ、そばにいてくれるだけでいい。それ以上のことは、なにも求めない」

考えてみれば、それはルアンのうぶさを知った上での求婚だった。性的なことを微塵も感じさせず、ナイオルは精一杯に下心を隠したのだ。

なによりも、ルアンを怯(おび)えさせたくなくて。

「宴までに返事を聞かせて」

ナイオルは口早に言った。そして、ルアンの手から布を取って髪の水気を吸わせるのを手伝ってくれた。

人気のない早朝の出来事は、なぜだか、午前中には町中の知るところとなり、ルアンの親を含んだ大人たちは会議を始めた。足遠くなっていた若者たちは、ひっきりなしにルアンのもとを訪れる。

結婚を勧める者、賛成する者、そして、嫉妬から反対する者。

それぞれの言い分を聞いているうちに、ルアンにも結婚の意味することがわかり始めた。そして、後の方になるほど、訪問者たちはあけすけに性行為について言及するようになり、ルアンはもうたまらずに姿を隠した。

町を抜け出して、裏の森へ逃げ込む。行きつく先の崖で足を止めた。紫色したスミレの花が岩肌に咲いている。

そのとき、確かに昔ケガをした、と思い出した。母の誕生日にスミレを贈りたくて、崖を登ったのだ。そして、手を滑らせた。この場所ではなかったけれど、でも確かに、木の枝で足を切った。

そして、誰かが町のそばまで送ってくれたのだ。ナイオルだったのかは思い出せない。でも、彼の言う通りならどれほどいいだろうかと思う。

六人兄弟の下から二番目に生まれ、誰かから特別に扱われることなんて一度もなかった。それはこの町の多くの子どもと同じだ。養子に出されなかっただけ、ルアンは恵まれていたとも言える。

「ここにいたのか」

探し回ったのだろう。額に汗を浮かべたナイオルは、小走りで近づいてくる。

「まさか、こんな騒ぎになるとは思わなかった。仲間にも叱られたよ。真正面から乗り込んだこと自体が間違いだって……。でも、連れ去ることなんてできないだろう」

最後は、彼の独り言だ。ルアンの胸は激しく乱れた。

そういうこともできたのだ。エルフだと正体を明かすこともなく、人間ひとりをさらっていくことはたやすい。親兄弟も町のみんなも、狼や熊に襲われたかと探し回るに違いない。

でも、一通りのことが済めば、またいつもの日常だ。

母だけはいつまでも泣くかもしれないが、先行きの不安な息子だから、いっそ苦労せずに済んでよかったと思ったかもしれない。

「町の大人は、この結婚を喜ぶと思います」

若者の中にも、それが町の繁栄のためだと諭してくる者がいた。おそらく会議もその方向でまとまるだろう。

「エルフが幸運を呼ぶという迷信は根強いんです。すぐに他の町にも噂が伝わって、エルフの話を聞こうと、みんながここを訪れる」

目的地に向かうための経由地でしかなかった宿場町が、目的地そのものになるのだ。繁栄しないわけがない。

「……それも、わかっていて、滞在してたんですか？　……どうして」

「きみに、わたしのことを知ってもらいたくて。いい印象を……持たれたいと思うだろう、誰でも。格好をつけるために、薬を分けたり、治療をしたわけじゃない。そうじゃない」

「それは、わかってます」

　エルフは善良だ。裏表はほとんどないと聞く。自分の心に素直で、欲深くもない。

「この結婚……」

　ルアンは言葉を途切れさせた。

　断ったらどうなるかを考えたからだ。家族は住んでいられなくなるだろう。町の人々は、エルフの報復がありはしなかと、恐れるかもしれない。迷信とはそういうものだ。

　幸と不幸は背中合わせで、人々は真実を見ようとしない。

　それを愚かだと誰に言えるだろうか。街道を流れてくる旅人を接待し、小作人として畑を耕すことでしか金銭を得られないのだ。たとえばもし、この街道の先に崖崩れが起こったら、町はたちまち衰退して、人々は散り散りになってしまう。

　そういった恐怖から逃れるためには、心のよりどころが必要なのだ。それはルアンにもよくわかる。

「ルアン」

ナイオルに向かって、首を静かに振った。ルアンの琥珀色の髪が揺れて、柔らかな音を立てる。

「こういうことも含めて、運命だと、ぼくは思います」

思いたいのだと、その一言は飲み込んだ。

ずっと待っていたのは、ルアンの方だったのかもしれない。

自分をさらってくれる、なにか大きな流れのようなものを待っていた。それはもちろん、エルフとの結婚なんてだいそれたものじゃなかったけれど。いまとなっては、これ以上の流れはない。

「あなたが優しい人だってことは、よくわかっているつもりです。好きに、なってくれた、ことも……」

「ルアン。本当に、心から、きみが好きだ」

戸惑ったように宙をかすめたナイオルの手が、ルアンの肩をしっかりと摑んだ。

「周りに流されて、しかたなく承諾してくれるのだとしても……、申し訳ないが、わたしは嬉(うれ)しくてたまらない」

苦しげに細められた瞳の奥に、隠しきれない喜びが見え、ルアンは、エルフの生真面目(きまじめ)なほどの正直さに見惚(みと)れた。

ナイオルのしたことだから、こうなったことが策略だったとは思えない。

「幸せにするよ。だから、わたしと一緒においで。ルアン」

ナイオルは迷うことなく膝をついた。両手を差し出されたルアンはただ目をしばたたかせるだけだ。どうすればいいのかもわからない。

でも、とっさに動き、ナイオルの両手をぎゅっと摑み、大きくうなずく。

「行きます。あなたと、行きます」

はっきりと告げたとき、ナイオルの瞳は潤んでいるようにも見えた。そしてルアンは、他人から求められることの幸福を初めて知ったのだった。

＊＊＊

背中から抱きしめられ、ルアンは物思いをそこで途切れさせる。

あの後、ナイオルを歓迎する祭りは、ルアンを送別する宴になり、別れを惜しんで何人かの若者たちが泣いてくれた。

「なにを考えていた？」

耳元でささやかれ、酒の匂いがしないことに気づいた。フィキラの帰りを祝って、宴会を開いていたはずだ。途中まではルアンも参加していたから、酒が出ていたことは知っている。

　最初の一杯だけで済ませた理由はわかっていた。だから、

「ナイオルのことを、考えてた」

　腕にもたれかかり、頬を寄せる。窓の外に月はない。今夜は新月だから、星だけがキラキラと瞬いている。

「ならば、考え続けていてくれ。わたしにそっくりの子が生まれる」

　ルアンの肌はぞくりと震えた。腰が浮き上がりそうになり、慌ててナイオルの腕にしがみつく。洗いざらしの綿シャツの肌触りは優しく、弓を引くために鍛え上げられた筋肉はたくましい。

　頬に感じる体温に、ルアンは欲情を感じた。

　そして、初めて抱かれた夜のことを思い出す。

　本当になにも知らなくて、無知で、臆病(おくびょう)で、夫婦がみんな、そんなことをしているなんて信じられなかった。泣いてしまったルアンのショックは大きく、ナイオルが初夜を延期してくれたほどだ。

　それから、仲間のエルフたちが性交とはどんなものなのかを話してくれた。

畑の隅での茶談義の合間に、食事の後の散策のついでに。

彼らは決まって、ルアンのうぶさに驚き、目を丸くして、最後にはナイオルの困惑を思って楽しげな顔をした。

おそらく、困り果てたナイオルから頼まれたのだろう。

そのときの表情を想像すると、ルアンでさえ笑ってしまう。

人間でいえば二十五歳ぐらいの外見だが、ナイオルは青年王としてエルフ全体を束ねる存在だ。ひとたび集会へ出席すれば、すべてのエルフが彼を前に腰を屈める。

エルフの王国は、それぞれの村の長が合議してすべてが決まる議会制だ。王は最高調停者として、エルフ全体の幸福を考慮する立場にある。だから、若く、たくましく、凜々しいエルフが選ばれるのだ。

その青年王が、人間の若者に対して溺れるような恋をしているのが微笑ましいと、村の長老は川へ釣り糸を垂れながら笑っていた。

「どうした？」

ルアンの笑みに気づいたナイオルが、髪に頬ずりする。

「初めてのときのこと、思い出していたんです」

「あぁ……」

なんでもないようなそぶりをしているが、その声には苦い後悔が滲んでいる。最終的には、泣いているのを押し切るしかなかったからだ。それでいいとルアンは言った。準備万端でベッドへあがれるはずもなく、いろんな話を聞きはしたが、しょせんは耳学問に過ぎない。恥ずかしかったし、怖かったし、なによりも、した後で嫌われはしないかと怯えていた。

そして、裸を晒して足を開くことは恥ずかしかった。たくましく屹立したナイオルに押し入られる違和感も怖かった。

泣いて、泣いて、泣いて。こんなに泣いたら嫌われると思っても、涙は溢れてきて。見かねたナイオルに手を摑まれ、首筋に巻きつけるように促されたとき、ルアンはたまらずに「嫌いにならないで」と言った。

そのときのナイオルの顔は覚えていない。涙で濡れた視界の中で滲んでしまっていたからだ。

強く抱きしめられ、喘ぎながらしがみついた。

「いい思い出にしてやりたかったのに」

ため息が耳元でかすれ、ルアンは肩を揺らして笑う。苦い思い出だったのは確かだ。

純潔を失う代わりに得られる愛情の尊さが怖くて、その夜のルアンは達することができなかった。

しかも翌日からは発熱が続き、憔悴したナイオルは周りが心配するほどやつれてしまった。

枕元で自分を見守っていたナイオルの、こけた頬を思い出すと、ルアンの胸はいまでも騒ぐ。申し訳なさの前に先立つ、どうしようもないほどの満足感を思い出すからだ。

この人は、自分だけのものだと、そう実感して、思い悩んでやつれた男の精悍さに痺れた。心から好きだと思ったし、ずっと一緒にいられる幸福に酔いしれた。

「悪い思い出じゃないよ」

何度も言ったことだが、ナイオルは信じない。

「おまえは優しい」

そう言って、頬と頬を擦り合わせる。ルアンが振り向くと、くちびるがふわりと触れ合った。

「ナイオルに比べたら……そんな……んっ……」

かすめるだけだったくちびるが深く重なり、ナイオルの舌先がルアンの口の中へと忍び込む。

「んっ、はっ……」

窓辺のイスから立つように促され、素直に従った。木の扉が閉じられても、部屋の中の暗さは変わらない。

今夜は月のない夜だ。星明かりだけがさやかに光り、森に吹き抜ける風も凪いでいる。

「ナイオル……」

明かりを消して欲しいと言いかけて、ルアンはくちびるを嚙んだ。言わなくてもわかっている夫は、部屋のところどころにかかっているランプを消して回る。ベッドのそばのろうそくも消そうとしたのを、ルアンは引き止めた。

「真っ暗に、なるから」

今夜は天窓からの光も入らない。

「そうだな」

ナイオルが笑いながら、自分の服に指をかけた。手伝いたかったが、ルアンがやると時間がかかりすぎる。緊張で指先が震えるからだ。

二年経っても、まるで慣れない。初夜のままだとささやかれるたびに、それがいいのか悪いのか、ルアンにはまるでわからなかった。

繫がる瞬間に泣いてしまうことも、ときどきだが、ある。

脱いだ寝間着をイスの背にかけたルアンは、ベッドに忍び込んだ。薄掛けの中で下着を脱ぎ、反対側へと落としている間に、ナイオルが入ってきた。

「脱いだのか？」

柔らかな声は嬉しげに聞こえ、ルアンは小さくうなずいた。それは触れてもいいという合図だ。

首筋に触れてきた指が、背中を伝って腰へと当たる。それから、腰骨をたどられた。胸が苦しくなり、乱れそうになる呼吸をこらえる。

「息をして、ルアン」

「だ、って……」

もう息は乱れていた。はぁはぁと、短い呼吸を繰り返す。

「あぁ……」

とナイオルは深く息を吐き、声にはならないほど小さく「いやらしい」と言った。瞬間、ルアンのからだには電撃が走り、抱き止めようとするそぶりのナイオルの手で中心を掴まれる。

「あっ、はっ……」

一握りにされてしまうほど華奢（きゃしゃ）なそれは、温かな手のひらに包まれて急速に張り詰めた。

「ルアン、こっちを……」

仰向けに促されるのと同時に薄掛けが剝がれ、片手が握られる。あてがわれたのは、ナイオルの熱だ。もう脈を打つほどに成長していて、ルアンの手では摑みきれない。

「大きい？」

優しげな口調だが、いやらしい言葉を言わせたがっているのは明白だ。ちらっと視線を向け、ルアンは身をよじった。

握られた中心を愛撫されると、息が乱れて頭がぼうっとしてしまう。

「教えてくれ。ルアン。大きくなってる？」

「ん……、大きい……」

ぼんやりしたまま答えると、摑んだ昂ぶりがぶるっと跳ねた。手から飛び出したのを慌てて摑み直すと、ナイオルはひそかな笑みを洩らした。

「笑わないで」

「あぁ、バレたか……。わたしのものを、バッタでも追うようにするからだ」

「だって、逃げるから」

「気持ちがいいんだ」

くちびるが触れ合い、そのままずれて首筋を吸われる。

「おまえの指が、声が、存在が……、わたしを興奮させてくれる。ルアンに触れるのは、人生の喜びのすべてだ。生きている証だよ。……愛している」

ナイオルが身を起こし、ルアンに覆いかぶさった。

妻を寝床に呼び込むための、優しい誘い水の時間が終わったのだとルアンは悟る。見つめてくるナイオルの瞳の奥には獲物を狙う雄の本性が兆していた。

ルアンはごくりと喉を鳴らし、凛々しい瞳から逃れるように顔を背ける。嫌なのではない。見つめてくる熱っぽさに浮かされて、あけすけなことを言ってしまいそうで怖くなっただけだ。

「ルアン……」

ささやきに応え、なにも言わずに腕へと指を這わせた。ほんのわずかに膝を開くと、その間へと、ナイオルが足を移動させる。指が、奥地へと忍び、

「ルアン？」

驚いたように問われて、ルアンのからだは一気に熱を帯びた。汗がじんわりと吹き出すほどだ。

「……だ、だって」

説明しようとしたが、しどろもどろになる。

「自分で……？」

問いながら、ナイオルの指がそこを這った。濡れているのは、オイルを施してあるからだ。ナイオルとフィキラの話が終わるのを待っている間に、ルアンが自分でしたことだった。

新月の暗闇の中でなら、素直になれる気がして、そして、

「……赤ちゃんが、欲し、くて……」

言った先から恥ずかしくなる。奥歯を噛んで、いっそう顔を背けた。その頬に音高くキスされる。

「本当に？」

「嘘なんて……言わない」

くちびるがふるふると震え、ルアンは手を伸ばす。ナイオルの腕にひたりと手のひらを押し当てた。

「フィキラに聞いた、んだ……。どうしたら、ちゃんと、生まれてくるのか」

これまでに、もう何度も試した。朝露の落ちる森をふたりで散歩するたび、口には出さないナイオルが期待していることも知っていた。

ルアンの真剣な悩みに対する、フィキラの答えはこうだ。

『ナイオルの子が欲しい、孕みたいとはっきり言えばいい。人の子の言葉には魂が宿る。

口に出せば、きみの心も定まるはずだ』

　思い出した言葉を噛みしめて、ルアンはおそるおそるナイオルへと視線を向けた。きれいな顔立ちがそこにあり、一瞬で夢を見るような気分になる。

　からだがふわふわと宙に浮き、心はきつく締めつけられた。そして、ルアンの瞳は涙で潤む。

「ずっとね、ナイオルの赤ちゃんはどんなにかわいいだろう、って思ってきたんだ。でも、欲しいのは、ぼくと、あなたの……赤ちゃんだって、そう、思ってて。ふたりで、作りたい。……ぼくとナイオルの、赤ちゃん」

　そっと打ち明けて、両手を差し伸ばした。愛しい夫の頬に手を添えて、くちづけを求める。その瞬間にも心が疼き、そして腰のあたりが熱を持つ。

「ルアンは、わたしと交わるのが、好きか？」

「……ん……うん」

　こくんとうなずいた瞳を覗かれる。嘘を許さないエルフのまっすぐな瞳に、ルアンはまっすぐな視線を返した。

「は、ずかしい、けど……、気持ちがよくて、好き。ナイオルとだからだって、知ってる。赤ちゃんを作るためだけじゃなくて、その……あの……、ほんとは、たくさんしたくって……言えなくて」

「……知らな、かったな……」

驚いたナイオルの眉が跳ねた。丸く見開かれた目は、すぐに細くなり、甘くルアンを見つめる。

「いじらしいね、おまえは」

指先でへそを撫でられ、指先が下へとおりていく。足を大きく開かされ、奥を探った指が遠慮なく差し込まれた。でも、ゆっくりと、傷つかないように開かれる。

「わたしを、見ていて。ルアン」

言われるがままに、見つめ合い、ルアンは羞恥(しゅうち)に震えた。いつもなら視線を逸らし、シーツを握りしめている。だけどいまは、ナイオルを見つめたまま、差し入れられる指を感じていた。

「あ、あぁっ……」

とっさに手でくちびるを覆ったが、すぐに剝がされる。

「ほら、ルアンの声で、こんなにも」

手にあてがわれたナイオルは、さっきよりもずっとたくましく膨らみ、先端は天をつくほどに伸び上がっていた。

こんなにも立派だっただろうかと驚きながら、ルアンはたどたどしく指を滑らせた。上下に動かすと、目を細めたナイオルの頬がひくひくと引きつった。

快楽をこらえた美貌(びぼう)が艶(つや)めき、ルアンの雄もまた伸び上がる。

「ん、あっ……ぁ」

ルアンはたまらずに喘いだ。そうしなければ息が継げなかったからだ。乱れる息を繰り返しながら、ナイオルの指に内壁をこすられてからだがよじれる。

甘くしどけない快楽に晒され、羞恥さえ途切れがちだ。

「ん、んっ……んんっ」

「かわいいよ、ルアン。わたしのルアン」

ナイオルの声は凛々しく響いた。指が抜かれ、ルアンの全身にささやきが伝う。肩や胸、腹部にふともも、くるぶしの内側。

くちびるが押し当たり、吸われるたびにルアンはとろけそうな快感に溺れていく。

ひっきりなしにこぼれる自分の声が遠くに聞こえ、ナイオルの名前を何度も口にした。そのたびに性感は深まる。

「もっと触れて欲しい場所はあるか?」

問いかけられ、ルアンは真っ赤になった。いつもなら口を閉ざすが、今夜は素直になると決めている。

震えながらからだを開き、自分の両胸をそっと撫でた。追いかけるようにナイオルの指が這う。

「あっ……ふ……」

キスに反応して、すでにぷっくりと膨らんだ乳首が、ナイオルの指先に撫でられた。そしてやわやわとこねられる。

「ん、んっ……はっ、ぅ……んっ」

じわじわと欲が極まり、ルアンはたまらずにキスを求めた。差し伸ばした手でナイオルの背中を抱き、自分から舌先を差し出す。チュッと吸われて、背中がそった。

「ぅ……んっ」

「少し、達したか」

股間(こかん)を撫でられ、ルアンは身をよじる。まだ胸をいじっていて欲しかったからだ。

ナイオルはふっと微笑み、満足げに身を寄せてきた。肌と肌とが触れ合い、長いキスと執拗(しつよう)な愛撫に全身を任せたルアンは、彼を喜ばせるための喘ぎをもうこらえなかった。

部屋中に熱い息遣いが広がり、ろうそくの炎がちらちらと燃える。壁へと伸びたふたりの影は重なってもつれあう。

「ナイオル……、ナイオ……んっ、ん……っ」

うつぶせで腰を上げたルアンのすぼまりは、ナイオルの指を二本飲み込めるほどにほどけている。

「あぁっ、あぁ……っ」

ナイオルの指は太くて長い。それが出入りするたび、ルアンは悩ましく腰をよじらせた。媚(こ)びを売るつもりはなかったが、それでもいやらしい動きになる。

さすがに恥ずかしくて、我に返ってしまう。気づいたナイオルは、わざと正気を失うような触れ方をした。

「大人になったな、ルアン。月下にほころぶ花のようだ」

「今夜は……っ」

月のない夜だ。

「わたしがおまえの月だ。ルアン。わたしの前でだけ、花開いてくれ」

「ん、んんっ……」

大きく背をそらし、ルアンはシーツを握りしめた。

「あぁ、ナイオ……ルッ……。出るっ……も、もぅ……」

焦りながら訴えると、大きな手のひらが先端を包む。揉(も)み込まれてひとたまりもなかった。ぶるっと震えたからだがせつなさで溢れ、直後に解放感が打ち寄せる。

「あぁ……っ、あぁ、あ、ぁ……っ」

快感の引かないからだを仰向けにされ、足が大きく開かれた。布で手を拭ったナイオルが身を置き直す。

そして、指でほぐれたルアンの中心に、熱い昂ぶりが押し当たった。ぬるり、ぬるりと動き、ルアンの細い息遣いに合わせて、切っ先が道を開いていく。

「あ……っ！　あぁ、んっ……っ」

めいっぱいに広げられ、敏感な粘膜がこすられる。ぐいぐいと押し上げられたからだが摑み戻された。ルアンもまたナイオルの肩へとしがみつく。

甘酸っぱい快楽に包まれ、ふたりはお互いの心の内を探るように見つめ合う。情感が募り、どちらからともなくくちびるを重ねた。

「ルアン……。おまえの中は、日ごとに素晴らしい。たまらなく、気持ちがいいよ」

動きたいのをこらえているナイオルが、切羽詰まった声をくぐもらせながらささやいた。

相手を褒めたたえることが、エルフの情交の作法だ。

「ぼく、もっ……、きもち、いっ……」

いつもなら喘ぐそぶりで聞き流すのだが、今夜のルアンはささやきに応えた。揺すり上げられて、必死にしがみつきながら、形よくとがったエルフの耳にくちびるを寄せる。

「大きくて……、きもち、よくて……、変に、なりそう……」

「……ルアン……ッ」

ナイオルは小さく呻(うめ)き、我慢ができないと言いたげに乱暴な動きで、二度三度と腰を振った。深々と刺さった昂ぶりが、いっそう奥を掻(か)き分け、ルアンはあごをそらして快感に耐えた。甘だるさが腰全体を包む。

「も、もっと……動いて、……ナイオル、もっと……」

ねだったのは、これが初めてだ。

だから、ルアンの肩へと顔を伏せたナイオルの、いつもなら目覚めないように制御されている雄の部分が猛(たけ)ったことにも気づかなかった。

ナイオルの片手がルアンの膝の裏を持ち上げる。激しい動きで腰を打ちつけられ、ルアンは慌ててシーツを摑み寄せた。

「あっ、あんっ、あんっ……」

翻弄(ほんろう)される声が刻まれ、快楽で頭の中がいっぱいになる。

どうしようもなく腰の奥が疼き、初めて見るナイオルの激しさにも臆することはなかった。

理性を失いかけるほど夢中になっている顔を見上げる。凜々しく歪んだ顔立ちから落ちてくる汗を肌で受けた。

じっとりと濡れた快楽に晒され、ルアンは背をそらしながら腰をよじった。

ふたりの結合もよじれ、新しい快感が生まれる。

快楽に没頭していく自分を、ルアンは心から誇らしく思った。やっと夫婦になれたような、不思議な満足感が押し寄せて、ふたりがそれぞれに感じている快楽がもつれあっていくのを感じる。

「あぁ……っ、いい、いいっ……」

声をあげて、シーツを握りしめる。ルアンの肌も汗で濡れ、ナイオルが動くたびに、ふたりの間からはぬめりを帯びた水音が響いた。一突きごとにルアンはのけぞり、そして肌を震わせる。

ナイオルが、いやらしい言葉でルアンを褒めた。

それさえも嬉しくて、怖気づくことなくナイオルの激しさを褒めたたえる。自分が気持ちよくなっているのは、ナイオルと繋がっているからだと伝えたかった。

与えられている愛の深さを知っていること。

そして、同じぐらい深い愛で、ナイオルを満たしたいと願っていること。

「お、おくっ……。奥に出して……。欲しいからっ、赤ちゃんが欲しいからっ」

エルフ同士の子作りに着床は関係ない。それでも、ルアンは求めた。心が愛を孕んでいくこの瞬間に、愛する男の精をからだの奥で浴びたいと願う。

「ルアン……っ、ルアン……」

夢中で腰を動かすナイオルの呼びかけは、十万、百万の言葉よりも熱烈に愛を語ってくる。

ルアンの頭の芯はもうとろけていた。

積み上げられた快感が危うく揺れ動き、これまで経験した絶頂よりももっと高い場所から落ちていく。

「あぁっ……。だめっ……」

思わず叫んだ。でも、ダメなことはなにひとつない。

快楽の大きさが、自分をおかしくさせる。それだけが恐ろしい。

「ルアン……っ」

シーツごと手を摑まれ、指が複雑に絡み合った。

「だめっ……、い、くっ……、いくっ。……いっ、しょ、に……っ」

ルアンの膝がガクガクと震え、腰が跳ねた。痙攣は止まらず、ナイオルが押しつぶすように体重をかけてくる。

硬く張り詰めた性器に突かれ、ルアンは声をあげた。

甘く尾を引く悲鳴は、ナイオルを翻弄して果てていく。

嵐よりも激しい混沌がふたりを襲い、握りしめた互いの手に力が入る。それは長い絶頂だった。

深い快感はマグマのように噴き出して、絡み合うふたりの肌を熱く火照らせた。そして、果てることのない永遠を垣間見せる。

感じ入ったナイオルの息遣いを耳元に感じ、ルアンは茫然としたまま目を開いた。一瞬、銀河に放り出されたような気がして、その直後にはまた激しい痙攣に襲われる。

「……んっ、あ、あぁっ……」

快楽が波のように押し寄せ、何度も何度も腰をよじらせた。

果てたはずのナイオルは、繋がったままでルアンの奔放な動きを楽しんでいる。形のいいくちびるに淫らな笑みが浮かび、ルアンの心は幸福感に酔った。

そしてふたりはキスをする。名残りを残して出ていこうとするナイオルを引き止めたルアンは、そのままスッと意識を失った。

明け方に目が覚めたときはすでに、からだからシーツまできれいになっていた。でも、互いに生まれたままの姿でいる。抱き寄せられた状態のルアンは目の前の肌に指を滑らせた。

目を閉じているナイオルから性交のときの荒々しさは感じられない。自分だけに見せてくれる姿だと思った瞬間、深い愛情を感じて目を閉じた。

たくましい胸に寄り添って、静かに呼吸を繰り返す。

いままでも怖いほどに気持ちよかった。だけど、今度の性交はなにもかもが違っていたと思う。

ナイオルが満足したかどうかを心配する必要もない。

目を閉じれば浮かんでくる表情が、なによりも確かに教えてくれる。

ふたりで深い愛情を交わしあったのだ。

ルアンは、うとうとと眠りに落ちていく。熟睡しているナイオルの手が、寝ぼけたまま薄掛けを引き上げて、ルアンの肩を包んだ。また抱きしめられた。

そして、朝がやってくる。

肩を揺すられて目を開くと、間近にナイオルの顔があった。初めはいつもの調子で挨拶を交わしたが、キスをした瞬間、昨夜の記憶が甦ってきた。ルアンは真っ赤になってうつむき、慌てながら服を着替えた。

あたふたしている肩を摑まれて振り向くと、身を屈めたナイオルがルアンの胸元の紐を結んだ。

「たまらないほど、魅力的だった」

両手に頰を包まれ、たっぷりとしたキスをされる。次第につま先立ちになったルアンは、ナイオルの胸へと身を投げ出し、引き締まったからだに腕を回した。

「……恥ずかしい」

それは本心だった。でも、離れていくくちびるが恋しくて、うっとりと目を細めた。

「今度はもっと恥ずかしくさせてあげるよ」

笑いかけられて、

「いらない」

自分からキスをする。ひょいと抱き上げられ、ナイオルを見下ろす形になった。

「……気持ちよく、して欲しい」

頬を赤らめて言うと、あごをそらしたナイオルは満面の笑みになる。

「それはもちろんだ。……さぁ、散歩へ行こうか」

「……ナイオル、夢を見たよ」

床へと下ろされて、ルアンはナイオルを見上げた。

「同じ夢だろう」

すでに外着に着替えているナイオルは意外そうに眉根を開いた。

「夢の中に、赤ちゃんが……」

はっきりとは覚えていない。でも、確かに、赤ん坊が泣いていたのだ。

ナイオルが深くうなずき、ルアンの手を引いた。

落ち着き払ったふりをしていても、その足取りは急いている。一歩の幅が大きいのだ。ルアンがついていけなくなる前に、ナイオル自身が気づいて歩調は遅くなった。

「ダメだな。期待が抑えきれない」

はにかむような微笑みが、森へと向けられた。そこへ早起きのピクシーたちが飛んでくる。羽音はリンリンと爽やかだ。

「生まれたの？　生まれた？」

「今度こそ、赤ちゃん？」

まだ朝露が滴る早朝だ。眠たそうにあくびをしているピクシーもいる。

「それを確かめに行くところだ」

ナイオルの声に特別な響きを感じ取ったピクシーたちが、互いに顔を見合わせる。

「朝露に濡れて熱でも出したら大変だ。探すのを手伝ってくれ」

頼むのが早いか、動くのが早いか。ピクシーたちは散り散りになって飛んでいく。羽音が笑い声のように聞こえ、ルアンははやる気持ちを抑えようと自分の胸を撫でた。

ナイオルの腕に肩を抱き寄せられる。

「きっとおまえに似て、かわいらしい子だろう」

「ぼくは、あなたに似ていると思う……」

深呼吸を一回して、背の高いナイオルを仰ぎ見た。軽いくちづけを交わして、森の中へ続く小道をたどる。

朝の光に照らされて、朝露に濡れた下草がキラキラと輝き、ルアンはほんのわずかの間、赤ん坊探しを忘れた。

美しい朝だ。エルフの村は長の力に守られ、外敵はおろか、嵐も近づかない。恵みの雨は降るが、寒い冬もなかった。

春と夏の合間にある、心地のいい季節がずっと続いている。

ふたりは手を繫ぎ、大木を見つけては根元を覗き込んだ。それを何度となく繰り返す。どこかで泣いてはいないかと耳を澄ましたが、聞こえるのは鳥のさえずりばかりだ。

ルアンは次第に不安になった。信じるたびに迷いが生まれるのは人間の証だ。でも、それが子を成すことの妨げになりはしないかと不安になる。

ナイオルの手に力が入り、ルアンの悩みを打ち消すように握られる。心を覆った暗雲が晴れ、気を持ち直す。

「早く探してあげないと」

朝日の差し込む木陰を覗きながら言うと、先を歩いていたナイオルは静かに笑う。

「そうだな。でも……、この瞬間も楽しいものだ。人の子が生まれるまでは時間がかかるだろう？　比べれば、あまりに短い。それにエルフの子は成長が早いから……」

「生まれて三ヶ月で、二歳ぐらいになるんだよね」

乳飲み子の期間が極端に短いのだ。その後の成長は緩やかだと聞く。

「あっという間だね」

ルアンの言葉に、ナイオルが微笑む。優しく見つめられて頬を赤らめていると、いつのまにかピクシーたちが集まっていた。

「イチャイチャしてる場合じゃないよ！」

「いたわよ、いたわよ！」

「赤ちゃんなんて、初めて見たわ！」

興奮した声が幾重にも折り重なり、羽音もベルのように鳴り響く。落ち着くようにと、ナイオルが手のひらを見せても、まるでダメだ。

しかたなく、ふたりは歩き出した。飛び回るピクシーたちが道を示してくれる。

やがて、目の前に大きな樹が現れた。大人がふたりがかりでようやく腕を回せるほどだ。その右側だと教えられ、ナイオルに手を引かれながら、ルアンは朝露に濡れた草を踏んだ。皮で編んだ履物から出ている足先が濡れる。

赤ん坊を見守っていたピクシーたちが飛んできて、興奮しっぱなしの仲間たちを黙らせた。

風がそよそよと流れ、ナイオルが足を止める。

木々の葉の隙間（すきま）から差し込んだ柔らかな光が揺らめき、草の上に広がったレース模様も揺れた。

大木の足元に、その子はすやすやと眠っていた。

柔らかな髪は亜麻色で、肌は血の気が差して健康的だ。なにも身につけていない生まれたままの姿をした赤ん坊を、ナイオルがそっと抱き上げる。長い袖でくるもうとすると、小さな目がうっすらと開いた。

ナイオルとルアンは同時に息を飲んだ。赤ん坊が泣き出したのは、そのすぐ後だ。

慌てたナイオルが赤ん坊を取り落としそうになり、ルアンは飛びつくように支えた。その腕の中へと赤ん坊を手渡される。

ルアンを見た瞳は、ナイオルとそっくりの緑色だ。瑞々(みずみず)しい新緑の色。

「かわいい……」

ぽつりとつぶやいてからだを揺すると、手指を動かした赤ん坊がぐずぐずしながら泣き止(や)む。丸い瞳がルアンを映していた。

「こんにちは、赤ちゃん。ようこそ、いらっしゃい」

まだ言葉はわからないだろう。でも瞳はルアンのくちびるの動きを追いかけているようだ。顔を近づけると、赤ん坊の指がくちびるに触れた。

「目元はナイオルそっくりね」

ピクシーの一匹が言う。別のピクシーは、

「口元はルアンだわ」

そう言って、リンリンと羽音を響かせた。

「赤ちゃんって、かわいい！」

「とっても素敵！」

「おめでとう、おめでとう！」

ピクシーたちが飛び回る音さえ気にせずに、赤ん坊はまた眠りの中に落ちていく。

きっと子守唄代わりの鈴の音に聞こえているのだろうとルアンは思った。

「ありがとう、みんな」

答えた声が震えてしまって、とっさに見つめたナイオルが歪んで見えた。こぼれ落ちた涙を、ナイオルの指がそっと拭き取ってくれる。

「ありがとう、ルアン。おまえのおかげだ」

あご先が持ち上げられて、そっとくちびるが重なる。赤ん坊をつぶさないように寄り添って、ふたりはしばらくキスを続けた。

この瞬間を待っていたのだ。もう、ずっと。

「ねぇ、ねぇ！　もう産湯の用意を頼みに行ったわよ」

「早くしないと、あかちゃんが冷えちゃう」

「キスは後にして。ねぇ、ったら！」

髪を引っ張るピクシーに急かされ、ふたりはその場を後にする。少し離れたところで、ルアンは振り返った。

赤ん坊を守ってくれていた樹に向かって頭を下げる。

エルフにはない習慣だったが、ナイオルもそれに従った。

「この子はきっと、火の精霊の加護だろう」

赤ん坊を抱いているルアンの足元を気遣いながら歩くナイオルが言った。

エルフの子は、それぞれに精霊の加護を受けて生まれてくる。その力を宿すとも言われているし、その力によって乳飲み子の期間が短縮されるのだとも言われていた。

「昨日の夜、おまえが達したとき、火がいつもより赤く燃えていた」

「そんなこと、よく気がついたね……」

ルアンは頬を染めて答える。

「わたしも火の精霊の加護を受けて生まれた身だ。見ていなくても、わかることもある」

「……じゃあ、きっとそうだ」

赤ん坊をそっと抱き直して、ルアンは微笑んだ。小さな命の愛らしさに、どうしても笑わずにはいられない。

「ルアンは赤ん坊をあやすのがうまいな」

「町に住んでいた頃は、子守をするのがぼくらの仕事だったから」

「それは助かる。エルフの子はめったに生まれないし、王になってからは、ほんの少ししか抱かせてもらえない」

「じゃあ……？」

振り向くと、ナイオルは目を丸くして後ずさった。

「後にするよ。産湯に入れて、なにか飲ませてから……」

もう一度泣かれるのが嫌なのだろう。ナイオルはさりげなく視線を逸らした。でもすぐに、視線を赤ん坊へと向ける。

そっと頬を指先でつついた。

「まだ、こんなところなの！」

「みんな、待ってるのよ！」

いつにない数のピクシーが押し寄せてきて、話をするどころではなくなった。急げ急げと急き立てられて森を出ると、そこにはもう仲間たちが集まっていた。

フィキラの姿もある。

よろよろと歩く長老が、待ち切れずに両手を広げている。

ルアンは、はにかみながらみんなの前へと歩み出た。赤ん坊はまだすやすやと眠っていた。

2

産湯でからだを清め、樹液を溶かした甘水を飲んだ赤ん坊は、長老によって『エイダン』と名づけられた。

続けて、精霊を判じる儀式が始まったが、エイダンを加護する精霊はなかなか判明しなかった。本来なら一度でそれとわかるものらしい。何度か繰り返した後で、老エルフたちの協議となり、火の精霊だと決定した。そもそも協議となることがおかしいと長老は異議を唱えたが、エルフとハーフエルフ、ましてや同性同士で夫婦になることは珍しい。口伝から忘れられた精霊がいるかもしれないと老エルフたちは言った。

エルフの子は、加護する精霊に合わせて、着るものや食べるものを選んでいく。精霊を見誤ると、成長が遅れたり、最悪は病を得たりする。火の精霊の加護があれば問題はなし。もしも違っていれば、新たに策を講じるだけだとナイオルも言った。

その日のことを思い出していたルアンは、カタンッと鳴った音に驚き、窓辺のイスの上で小さく飛び上がった。

腕の中から滑り落ちそうになっている塊に気づき、それがエイダンだとわかった瞬間には床に膝をついていた。もう少しで取り落とすところだ。

血の気が引き、汗腺が一気に開いた。背筋に走ったうすら寒いものを振り払うように息をつく。取り落とした木の匙を拾い上げる。

人間なら母乳で育つ月齢だが、エルフの子は樹液を溶かした甘水を飲む。そこへ、加護する精霊に属する栄養素の入った草などを加えていくのだ。

ルアンの動揺を敏感に察知したエイダンは、ぐずぐずと身をよじらせ、やがて泣き始めた。外はもう真っ暗だ。いくらもしないうちに夜が明ける。なのに、エイダンはまるで眠らなかった。

昼夜が逆転しているわけではなく、とにかく眠りが浅くて短い。それがつらいと言いたげな泣き声に、ルアンの胸の奥はかきむしられるように痛んだ。

うまく眠れずにむずかる赤ん坊もかわいそうだが、それよりも気鬱なのは、ピクシーたちの言葉だった。エイダンはおかしいと言われたのだ。

エルフの赤ん坊は本来、よく眠る。だから、誰が親代わりになっても困らない。

でも、エイダンは真逆だ。ほとんど眠らず、昼間は特に、ルアン以外に抱かれるとひきつけを起こすほどに泣く。

オ・ニールの村で、二階があるのは王の住居だけだ。村の奥に建てられているとはいえ、きっとみんなが聞いているだろう。

エイダンをあやしながら、ルアンは焦りを覚えた。

一週間近く、ナイオルの寝顔を見ていない。エイダンが夜泣きをするから、寝室を分けているのだ。そんなことをする必要はないとナイオルは言ったが、王としての務めもある夫を寝不足にするわけにはいかなかった。

自分がしっかりしなければと思い、エイダンを揺らす腕に力が入る。肩に力が入れば、赤ん坊はいっそう眠らない。

わかっていたが、どうすればいいのかがわからなかった。

町で暮らしていた頃に子守をしたことがある。

でもこんなに小さな赤ん坊ではなかった。背中に背負いながら家の手伝いをして、泣けば母親のもとへ連れていく。乳を飲んで、おしめを替えれば、赤ん坊は上機嫌になって眠った。

「エイダン……、エイダン。おねむり、エイダン」

おぼろげに覚えている母親の口真似(くちまね)をして、ルアンは部屋中を歩き回ってみる。眠らなくてもいいから、せめて泣き止ませたかった。

「どうしたの、エイダン。ねぇ、エイダン……」

ベッドへ下ろして、おしめを替えてみたが、なにも変わらなかった。

「また、泣かせてるの？」

リリンッと羽音を響かせて、二匹のピクシーが飛んでくる。夜に行動する種別だ。極めて数が少なく、日中に行動するピクシーよりも羽音がいいので、『悪いドワーフ』たちに愛好者が多い。市場に出回るときには、かなりの値がつくという。

ただ、美しい羽音とは裏腹に、その性格は日中のピクシー以上に気ままで、ずっと辛辣(しんらつ)だ。

「そんなに泣いたら、息が止まってしまわないの？」

「こんなに泣くエルフの子なんて、いないわね」

羽音を惜しむように、ピクシーたちは思い思いの場所に腰を落ち着けた。

「きっと、半分はぼくの子だからだ」

弱々しく笑ってみせると、ピクシーたちはそろって首を傾(かし)げた。

「それっていいこと？」

「悪いこと？」

澄んだ声は、エイダンの泣き声に紛れてもはっきり聞こえる。

ルアンが答えられずにいると、ピクシーたちは笑い出した。

「人間って、女の人が赤ちゃんを産むのよね？　木の股に現れたりしないって聞いたわ」

「ルアンは男の人よね」

「だからじゃなぁい？　誰か、人間の女の人を、探してきたら？」

ピクシーたちの無邪気な提案は、ルアンの心の奥に突き刺さった。思い悩んでいる中心部分をえぐられ、うつむいたままでくちびるを嚙んだ。

自分で産んでいないから。だから、エイダンを泣き止ませることができないのか。だから、抱いていても眠りが浅いのか。

「ルアンは、赤ちゃんをあやすのが下手ね」

「赤ちゃんの声がかすれてなぁい？　かわいそうに」

「本当ね、かわいそう」

リリンと羽音を響かせて、ピクシーたちが飛び回る。その美しい音も、今夜は苛立ちの元でしかなかった。

「エイダン……、だいじょうぶだよ、エイダン」

揺れながら語りかける声は、そのままルアン自身へと刺さってくる。

なにも、なにひとつ、だいじょうぶではなかった。

ナイオルは、仲間のエルフに任せて睡眠を取れと言うけれど、こんなに泣く子を任せることはできない。

きっと、ハーフの子だからと思われるに違いない。きっと、男同士の子だからと言われるに違いない。

滲んでくる涙を必死にこらえながら、なおも部屋の中をぐるぐると回った。

ルアンはすっかり睡眠不足の悪循環の中にいた。エルフの善良さも忘れ、かつて人間の町にいたときに聞かされた、子育て中の母親に対する陰口ばかりを思い出す。

歩き疲れた頃、ようやくエイダンの泣き声が小さくなった。ぐずぐずしながらも、濡れた目から力が抜けていく。エイダンもまた泣き疲れたのだ。

ホッとしたが、下ろせばまたすぐに泣きだすだろう。眠りが深くなるまで、ルアンは揺れ続ける。

「あー、やっと、思う存分に羽音が鳴らせるわね」

ピクシーたちの言葉に悪気はない。でも、ルアンはなにも言えなかった。

うつむいていると、一匹が近づいてくる。エイダンの寝顔を覗き込み、

「抱いてばかりいるからいけないのよ。下手なんだから、そっとしておいてあげたら？

赤ちゃんがかわいそう」

ルアンは息を飲んだ。涙が両目から溢れても、エイダンを抱いた手は塞がっている。

ピクシーたちは気づきもせずに外へ飛び去った。美しい羽音は残酷に響き、ルアンは声を震わせて泣いた。

赤ん坊が生まれて幸せなはずだ。目元はナイオルに似ている。口元はルアンだとみんなが言う。

だけどどうして、こんなにも心に余裕がないのだろう。

ルアンは浅い息を繰り返し、ただぼんやりと揺れ続けた。

遠くに赤ん坊の泣き声が聞こえ、ルアンは浅い眠りから覚める。隣の家の赤ん坊だろうかと思い、深夜の往来を行ったり来たりしていた隣の家の奥さんの姿が甦る。

とぼとぼ歩く背中がさみしげで、どれほど声をかけようと思ったかわからない。

いつしか子どもは泣き止み、それでも奥さんは行ったり来たりを繰り返していた。ときどき顔を拭っていたのは泣いていたからだと、いまならわかる。

ルアンはハッとした。息が続かずに水から飛び出すときのように顔をあげ、声がする方を振り向いた。

すっかり熟睡していて、エイダンの泣き声にも気がつかなかった。一瞬でやってくる深い自責の念に落ち込みながら振り向くと、ナイオルが本を読みながら窓辺に座っていた。

長い足を伸ばしているのは、エイダンのゆりかごの下部を揺らしているからだ。

爽やかな日差しを背に受けたナイオルは美しく、いままでのルアンならうっとりと見惚れた光景だった。

でも、いまは違う。感じたことのないような苛立ちをナイオルに対して感じた。

「どうして、足で揺らすの！　赤ん坊が眠っているのに！」

声を荒らげながらベッドを下りると、ナイオルはほんのわずかだけ表情を変えた。驚いた目元は、すぐに笑顔を浮かべる。

「『むつき』なら替えた。……おしめと呼ぶのだったたな。甘水は欲しがらない」

冷静な声で言われ、憤っているルアンは、諫められたような気になった。苛立ちが胃の奥で渦を巻き、いまにも爆発しそうになる。

ふいっと顔を背け、泣き続けているエイダンを抱き上げた。

優しく呼びかけて揺らしてみたが、やはりすぐには泣き止まない。部屋をぐるぐると回りながら、ルアンはため息をついた。焦りは落胆になり、疲労がからだへとまとわりつく。

足を止めると、いつのまにか近づいていたナイオルに、背中から抱かれた。肩肘（かたひじ）を張って振り払ったルアンは、思わずナイオルを睨みつける。

そんなことをしても意味はない。ナイオルはいつも通りだ。それはわかっている。わかっているからこそ、つらかった。

どうして自分ばかりが、こんな思いをして子どもをあやさなければいけないのかと思う。肩の力を抜けと言われてもできないし、周りから評価されたい自意識に振り回されている自覚もある。

だけど、どうすることもできない。エイダンの親は自分だ。しかも母親だから……。気づいたときには、ナイオルをなじっていた。言いたくもない言葉が泥のようにくちびるから溢れてくる。

「落ち着かないか。ルアン」

ナイオルはすべてを聞き流し、落ち着きのある声で言った。

「赤ん坊は、泣くものだ」

「エルフの子は、こんなに泣かないって、ピクシーたちが」

「あの子たちは、なにも知らないんだ。知っているふりをしてるだけだよ」

「……ぼくが、ちゃんと面倒をみていないからだ。みんな、そう思ってる」

「みんなって、誰のこと?」

ナイオルの声は優しい。そして、穏やかに凛々しく、ルアンと向き合っている。

感情を昂ぶらせたルアンからエイダンを取り上げたりもしなかった。肩を撫でるように促してイスへ座らせると、その場に片膝をつく。

「仲間たちはみんな、ルアンに敬意を払っているよ。眠れていないんじゃないかと、心配している。……眠れていないんだろう」

「だって、エイダンが、心配で」

「わたしは、それ以上に、おまえが心配だ」

夜泣きに付き合おうとしても、眠ってくれと部屋を追い出される。代わろうとしても、断られる。

ナイオルがどう感じたのかを、ルアンは自分の経験でしか測れなかった。子育ては母親の仕事だ。もしも頼ろうものなら、男たちは仕事のつらさをあげつらって、妻を叱った。

夫婦とは、そういう役割分担なのだと、ルアンは思っている。

「ふたりの子だよ、ルアン」

心の中を読んだように、ナイオルは微笑んだ。

「おまえだけが子育てを独占しないでくれ」

「だって……。ぼくが、母親……だから」

「そうだよ、そうだとも」

ナイオルの手が、ルアンのうなじをそっと撫でた。

「おまえは、わたしの妻で、この子の母親だ。エイダンはあの日、おまえがわたしを受け入れてくれたからこそ、生まれることができたんだから……」

こぼれ落ちたルアンの涙を、ナイオルの指先は丁寧に拭った。

「不勉強で悪かった。フィキラからも忠告されていたが、人間の子育てが、ここまで母親に依存しているとは知らなかった。……ルアン。初めは、エイダンを独り占めしようとするおまえが、愛らしくていじらしくて。別の部屋へ消えても、見逃していたんだ。でも、そうじゃないんだろう。わたしが眠れないと困ると思ったんだな？」

「……うん」

涙がホロホロとこぼれ、ルアンは鼻をすすった。ナイオルが布を取り出して、鼻をかませてくれる。まるで自分が子どものようだと笑うと、ナイオルは眩(まぶ)しそうに目を細めてうなずいた。

「それでいいじゃないか」

いつのまにか、エイダンは泣き止んでいた。生まれたときに比べれば、倍ほども大きくなった赤ん坊は、不思議そうに両親を見比べている。そして、ナイオルの長い髪を引いた。

「いたずらはダメだよ、エイダン」

ルアンが声をかけると、赤ん坊はにこにこと笑っているような表情になった。柔らかな髪から飛び出た耳の上部がとがっている。エルフの耳だ。

「笑ってる……っ。ねぇ、ナイオル。笑ってるね」

思わず、顔を跳ね上げた。ナイオルの瞳がふっと細くなる。

「そうだな」

「……ぼくじゃなくて、エイダンを、見て……」

言いかけた言葉がキスで遮られた。

「ルアン。私にだって、泣く子をあやすことはできる。こうやって、おまえをあやすこともできるぐらいだ。……エイダンより、おまえをあやす方がよっぽど難しい。嫌われはしないかと、いまでも胸が張り裂けそうになる」

「……ナイオルも？」

思わず言葉が転げ出て、ルアンは自分の本当の気持ちに気がついた。

「ぼくは、ナイオルに嫌われたくなかったんだね……。未熟な母親だと思われて、嫌われるんじゃないかって、それが……怖かったんだ」

「嫌いになるはずがない。十年も待って、決死の覚悟で求婚したんだ。一生をかけても嫌いにはならない。エルフの愛情は不変だ」

「……人間の恋は、儚いのかな」

「おまえはハーフエルフだ。すべてはおまえ次第だろう。……どうだ。嫌いになりそうか？」

「ならないよ。絶対にならない」

口にすると、言葉は力を持った。そして、心の奥に淀んでいた苦しさが溶けていく。

町での常識と、エルフの常識はまるで違う。人間からハーフエルフとなったいま、人間だった頃の悪習に囚われても意味はない。

「みんながエイダンに会いたがっているんだ」

とナイオルが言った。

「夕食までの間、任せてみないか。わたしとおまえは、いつものベッドで眠ろう」

微笑みかけられて、ルアンはようやく気がついた。

ナイオルも寝不足になっているのだ。どんなにルアンが協力を拒んだとしても、ひとりだけ眠れるような男じゃない。

「少しは眠らせてもらったよ。だから、おまえほどじゃないんだ」

ルアンの心を察したナイオルは、エイダンを抱き上げた。

するとまた、エイダンはぐずり始める。

「さぁ、仲間たちを困らせておくれ。みんながおまえの母親のすごさを思い知るぞ。預けたらすぐに戻るから、待っていてくれ。先に眠っていてかまわない」

泣き出したエイダンを抱いて、ナイオルが部屋を後にする。ルアンは落ち着かない気持ちで見送り、ひとりきりで寝間着へ着替えた。

エイダンがどうしているかと不安でならず、ナイオルが戻ってくるまで横になって待つ。戻ってきたナイオルは、みんなが喜んでいたと笑いながら服を着替えてベッドへ入ってきた。

嘘か、本当かを考える余裕もなく、胸に抱き寄せられる。久しぶりの感覚がルアンを包み、心は凪ぐように落ち着きを取り戻した。

そうすると、眠たくて眠たくて、からだはもう限界だった。

ナイオルの匂いと体温を感じながら、ルアンはぐっすりと眠った。

＊＊＊

数日後のことだ。

ナイオルから、フィキラを夕食に呼ぶと言われ、ルアンもエイダンを預けて同席して欲しいと誘われた。同席するのはいつものことだが、エイダンを預けてというのが不思議だった。

首を傾げているルアンに気づいたナイオルは、銀色の髪を背中へ流した。

「エイダンのことを相談したいと思っているんだ。長老から、通常よりも成長が遅いと言われた。口伝に残っていない精霊が存在するかもしれない。……ルアン、心配ないよ」

頬を指先で撫でられ、こくりとうなずく。

人間のルアンにすれば、エイダンの成長の早さは驚くほどだ。一ヶ月で一歳弱の大きさになり、よろけながらも歩けるようになった。昼間はご機嫌で遊び、睡眠時間も少しずつだが伸びている。

夜泣きに付き合うルアンは、日中の数時間をナイオルに任せるようになっていた。

「大きな集会があれば、別の村の話も聞けるんだが……。このあたりの村の話はもう聞き尽くしたんだ」

いつもの様子と少しも変わらないナイオルの表情は、ルアンを安心させた。

「ハーフエルフとの間に赤ちゃんが生まれるのは珍しいんだよね」

「そうだ。エルフでない相手の場合は特に、巡り合うこと自体が難しい。でも、海辺の村で人魚を伴侶にした例がある。あれよりは……いろいろとたやすいよ」

「……それって、どういう意味？」

「人魚がハーフエルフになっても、陸にあがれるとは限らないからね」

「そっか。半人半魚なんだね。ねぇ、ケンタウロスとの話はある？」

「あるよ。フィキラが詳しく知っているから、聞いてごらん。あれもあれで、大変なんだ」

　ナイオルが苦笑を浮かべる。ルアンは首を傾げた。

「そうなの？」

「口説くのが大変なんだよ。求婚する前に、難問の三個や四個は当然だ。頭が良くなければ、ケンタウロスとは結婚できない。それはそうと、夜泣きに効く薬を探してくれるように頼んでおいただろう」

　フィキラに依頼したのだ。

「いいものがあった？」

「人間の村に伝わる薬を文献に見つけたと言っていたから……期待しよう」

「……うん」

「ルアン。エイダンは朝まで預けて……」

そっと近づかれて、ルアンは戸惑う。言いたいことはわかっているが、二日前の昼間、エイダンを預けて行為に及んだばかりだ。ルアンが指摘すると、

「エイダンをあやすおまえを見ていると、欲しくなるんだ」

「あっ……」

服の上から撫で回されて、思わず甘い声が洩れる。

「子どもが、いるのに」

「ピクシーたちがあやしているだろう」

「見られるのは、イヤ……」

ピクシーたちは、意気揚々とからかってくるに違いない。

「それに、この前のが……激しくて……」

「あんまり先延ばしにすると、また激しくなるよ」

背中から抱かれ、耳元にささやかれる。ルアンはぶるっと震えた。

「それともおまえは、激しい方がいい……？」

「もっ……、からかわないで」

足を踏んで、腕から飛び出した。

「ナイオルとすると、もっと欲しくなるから……。あんまり、誘わないで」

「逆効果だよ、ルアン」

甘いため息をついて、ナイオルがふたたび手を伸ばしてくる。ルアンは引き寄せられるように、その腕の中へ納まった。ふたりが交わす長いキスを、エイダンのゆりかごを揺らすピクシーたちが見上げていた。

夕方になってフィキラがやってくると、エイダンを預かってくれるエルフの迎えも到着した。

オ・ニールの村は男性エルフばかりだが、彼らはエイダンがいくら泣いても平気であやしている。

迎えに来た仲間も、できれば夜泣きのすごさを経験したいものだと繰り返し、ルアンと引き離されて泣きじゃくるエイダンをしっかりと抱いて行った。

生涯に一度しか恋をしないエルフは、伴侶を見つけ出すことがまず難しい。

だから、独身のエルフ、特に適齢期を過ぎたエルフたちは子どもの相手をするのが好きだ。

「浮かない顔をしてるな、ルアン」

　フィキラに声をかけられ、窓の外へ目を向けていたルアンは背筋を伸ばした。遠のいていく泣き声が耳に残り、いつまでも聞こえてくるような気がする。

「エイダンが気になるんだろう」

　図星を刺された。

「預かってもらえるのは助かるんですけど……、毎回、毎回、すごい勢いで泣くから……、かわいそうに思えて」

　ケンタウロスのフィキラと食事をするときは、基本的に床の上に布を敷く。飲食物はルアンやナイオルにはやや高めのテーブルに置かれている。膝を折って座るフィキラには低かった。

「向こうに着けば、なにごともなかったように遊んでるんだろう？」

「みんなはそう言うけど……」

　ちらりとだけナイオルを見た。

　敏感に察知したナイオルが振り向く。ルアンがくちごもると、フィキラがあきれたようなため息をついた。

「見に行けばいいんだよ」

「エルフの嫁になったんだから、エルフのやり方に従っていればいいじゃないか」

「エイダンはぼくの子でもあるから……。いろいろと、違うところもあるみたいだし」

「人間よりはエルフの方が、よっぽどの知恵者だ。心配することはなにもない。……それが面白くないと言えば面白くないだろうな」

「え？　そんなことは……っ」

ルアンは両手を振り回して否定した。人間がエルフに勝てるとは思えない。とんでもない話だ。

「母性というものだよ」

ナイオルが笑いながら話に入ってくる。

「ルアンは昔から優しかった」

微笑む瞳には出会った頃のルアンがいるのだろう。

まだほんの子どもだ。優しいというよりは恥ずかしがりで、いつも誰かの後ろに隠れていた。

「ケガをしてまで摘んだスミレを、わたしにほとんど渡してしまって……。お礼だとはにかんだ笑顔のどんなにかわいかったことか。あんな小さなからだで崖へ登って、必死に集めた花だったろうに」

「あぁ、始まった……」

フィキラが褐色の肩をすくめた。ケンタウロスは衣服を身につけない。隠すという概念がない。

黒なら黒、褐色なら褐色、まだら模様ならまだら模様の美しさがあると思っているからだ。そして事実、ケンタウロスの肌と毛並みは美しい。

酒の入った木製の杯を手に持ち、親友に向かって辛辣な視線を向ける。

「その続きは聞かなくてもわかっている。十年に及ぶせつない片想いの抒情詩だ。『ナイオルのスミレの君』は『叶(かな)わない恋』の代名詞だからな」

「わたしの家に来たのだから、挨拶代わりに聞いておけよ。この家に来た花嫁がどれほど素晴らしいか。後世にまで語り継ぎたい」

「……酔ってるの？」

ルアンがその場にいようといまいと、『スミレの君の話』を始めるのはいつものことだが、今夜は普段以上に力が入っているようだ。

「酔っていたら、こんなことは言わない」

ナイオルは断言したが、もっとひどくなることをルアンとフィキラは知っている。でも、あきれたフィキラが席を立つことはなかった。

待ち続けた十年と、拒絶を覚悟で挑んだ求婚。それがエルフにとってどれほどの重要なことなのか、聡明なケンタウロスは知っている。

そして彼は、ナイオルの親友だ。

「じゃあ、手短に済ませてくれ。わたしはエイダンの話が聞きたい」

「それなら、ぼくが」

ルアンはパッと目を輝かせる。さすがのナイオルも口をつぐんだ。

「やっと、あそこからあそこぐらいの距離を歩くようになったんですよ」

部屋に置かれたランプを指差して説明する。

「それがもう、すごくかわいいんです。昼間はご機嫌なことが多いし、ぼくらを見て笑ってくれるんですよ」

「そう、それはよかった。夜泣きはどうだい。まだひどいのかい」

フィキラに言われ、ルアンは表情を曇らせた。

夜泣きさえなければ完璧だと思っていることを悟られないようにするが、相手はケンタウロスだ。細めた眼差しにすっかり見抜かれている。

気づいてため息をついた。

「明け方に、少し長く寝てくれるようになりました。でも、まだまだ眠りが浅くて」

「頼まれていた薬の処方を教えよう。ここにあるもので足りるはずだ。試してみて効果が薄いようなら、薬効に詳しい者と相談して処方を変えるといい」

「紙を持ってきますから、待ってください」

立ち上がったルアンは、部屋の隅に置かれた戸棚から紙とペンを取って戻った。フィキラの言う通りに書きとめる。

「人の村に伝わる、古い薬だというから、迷信に近いかもしれないが……」

「いえ、助かります。……家に揃ってるか、確認してくるね」

ナイオルに声をかけると、こころよく送り出された。

ルアンは急ぎ足で薬草庫へ向かう。物々交換用の薬草はすべて村の中心にある共同の薬草庫に入っていたが、食事やケガの手当てに使う薬草は個人宅にも保管されている。

教えられた煎じ薬に使う薬草は単純なものばかりだ。手に入りにくいものは含まれていない。育児に関する民間療法の一種だから当然だとしても、ルアンは胸を撫で下ろした。

薬が必ず効くというわけでないことは理解している。それでも、エイダンの成長の助けになるのなら、わずかな効果でも期待してしまう。

すぐにでも調合したかったが、時間がかかるとナイオルが心配すると気づき、一声かけようと薬草庫を出た。

廊下を歩きながら、エイダンはどうしているかと思う。

泣いてはいないか。食事が嫌だと暴れてはいないか。

むずかる我が子を思うルアンの顔は、複雑な泣き笑いになる。

かわいいけれど、困った子だった。手がかかって、神経が擦り減るような気分になる。

でも、離れているとさびしくて、早く腕の中へ戻ってきて欲しいと思う。

これが親になるということだと、ルアンは自分の胸に手を当てる。そして、ナイオルと添えたことを、心から感謝する。

彼がいたから、見つけ出してくれたから、こうして子育てに手を焼くこともできる。

もしも、あのまま町にいたら。

それはそれで、ごく普通に幸せだったはずだ。

でも、自分がしたかもしれない恋は、成就しそうにない。町の女の子たちはみんな気が強い。中には楚々とした女の子もいたが、そういう子はおとなしいながらも頭のいい男の子を選ぶ。

ルアンのような純情以外に取り柄がない少年は候補にもならない。

それでも、結婚できないわけじゃなかった。恋愛をあきらめれば、親が選んできた相手と一緒になるだけのことだ。

結婚してから生まれる感情もあるし、不幸な話じゃないけれど、ナイオルと暮らしているいまはもう考えられない話だった。

好きになってくれた人を、同じように好きになって暮らすこと。たったそれだけのことが難しいのは、人間もエルフも変わらないのだろう。

ナイオルとフィキラが食事をしている部屋の扉は開いたままだった。目隠し代わりの薄い布が風にそよいでいる。

「それではおまえのからだが持たないだろう」

鋭いフィキラの声が聞こえ、ルアンはとっさに身を引いた。

「言ってくれるな」

ナイオルは相手にしていなかったが、部屋の雰囲気は不穏だ。

「言わずにいられると思うのか。おまえの力がエイダンを守っている分だけ、この村の結界は薄くなる。長の言葉とは思えないな。……おまえは王でもある」

フィキラの口調は強かった。ナイオルを責めているのだ。

廊下の壁に背を預けたルアンは、自分の胸にふたたび手のひらを押し当てた。上着をぎゅっと握りしめる。

エルフの暮らしや慣習について、わからないことはたくさんあった。そのつど、尋ねるようにはしていたが、根本的な妖精のあり方についてはうやむやなままだった。知らないことが多すぎて、聞くべきこともわからない。

でも、フィキラの話していることは理解できた。

エルフの村はそれぞれの長の力で守られている。妖精としての力が強い者ほど聡明さも兼ね備え、なおかつ統率力に優れている。王になる器とはそういうものだと、ルアンは長老から聞かされた。

「わたしの力のすべてがエイダンへ向かっているわけではない。だが、守ってやらなければ、あの子は……」

その続きをナイオルは口にしなかった。ルアンは不吉な気配に震え、ぐっと奥歯を噛みしめる。

「子を守れるのは親の力だけだ」

フィキラが重いため息をついて言う。

「それはどうすることもできない。ただ……、村を囲む結界が弱まれば、悪いドワーフやゴブリンに目をつけられるぞ。無理が来ないうちに、仲間に話して手伝ってもらうことだ」

「わかっている」

「ルアンにも明かしていないんだろう。傷つけたくないのはわかるが、夫婦間の秘密は諸刃(は)の剣だ。こうなる可能性はハーフエルフを伴侶にするときから」

「わかっていると言っている！」

ナイオルが声を荒らげるのを、ルアンは久しぶりに聞いた。壁に背を預けたまま、びくりと肩をすくめる。

親友のふたりは、ときどき酔いに任せて口論になる。でも、今日ほど切羽詰まっているナイオルの声は聞いたことがなかった。

「怒鳴って悪かった。心配してくれて、ありがとう。……でも、しばらく待ってくれ。ルアンはピクシーたちの言葉に惑わされやすい。仲間たちが内密に結界の儀式を行ってくれたとしても、彼らが騒いだら台無しだ。ルアンは決して『ピクシーごとき』とは言わない子なんだ」

「しばらくとは、どれぐらいだ。子どもが生まれたばかりだ。おまえだって、それほど力がみなぎっているわけじゃないだろう。長老は気づいているはずだ」

「わかった。長老には相談する。……申し訳ない」

「エルフの出産は特殊だからな。いくらおまえでも普段通りとはいかないものだ。……で、出産後のケアはしているんだろうな」

「その話、ルアンにはするなよ」

ナイオルの語調がまた強くなる。フィキラは鼻で笑った。

「あまり子ども扱いするものじゃないよ、きみ」

ははんと笑う声に、ルアンはうつむいた。自分の影が、そよぐ薄布の下に伸びている。ナイオルの席からは見えないだろうが、フィキラの座った場所からは見える位置だ。立ち聞きしているルアンに気づいている可能性は否定できなかった。

「ルアンはもうすっかり大人だ。嫁に来たときともまるで違う」

フィキラの声がわずかに大きくなり、気づかれていることは明白になる。ルアンは後ずさったが、影はなかなか隠れてくれない。

「ルアンは人の子だから、夫は種をつけるだけの存在だと思っているだろう。だが、ナイオル。エルフは夫婦平等だな？　子種をつけた分だけ、精が果てる。……情交で心を満たしておかないと、死ぬよ？」

「死にはしない。いい加減なことを言うな」

フィキラにからかわれ、ナイオルは不満げに声をひそめる。

「ルアンは子育てに夢中で、とても不安定な時期だ。思う存分にさせてくれ、なんて……」

「願望が湧水（ゆうすい）のように溢れてるな」

「当たり前だ。私はルアンを愛している。ルアンの思う、いい夫でいてやりたい。そう思うのと同じぐらい、熱烈な恋人でいたい」

気の置けない友人に向かって、ナイオルは最大限にのろけていた。ルアンはその場にしゃがみ、熱く火照った頬を手で覆う。

すると、部屋の出入り口に人の気配がした。

「聞いていたのか。どこから？」

ナイオルが膝をつく。

「……しないと、死ぬの？」

「エルフは長寿だ」

「どうして言ってくれないの？」

うつむいたまま、ルアンはくちびるをとがらせた。

「おまえが愛しいからだよ」

肩を摑まれて抱き寄せられる。

「……子ども扱い」

言いくるめられているような気がして、ナイオルを見上げたルアンはまなじりをきつくした。

「じゃあ今夜でもいいの？　このまま、おまえを寝室へさらっても……？」

「それは、だめ……」

「わたしはいつでも、おいとまするよ！」

部屋の中から、笑いをこらえたフィキラの声がする。

「だめか……、ルアン」

答えをわかっていて問いかけてくるナイオルは嬉しそうだ。輝く新緑色の瞳を、ルアンはうっとりと見上げる。

そして、わがままかもしれないと思いながら願い出る。

「いまから、エイダンの薬を作りたい。あの子が帰ってきたら、飲ませてやりたいから」

「どうせなら、みんなで作ろう」

ナイオルの腕が、ルアンをぎゅっと抱きしめる。

顔のそばにナイオルの白銀の髪が流れ、ルアンはそっと指に絡めて引いた。

自分から、少しだけ深いキスをする。くちびるをぴったりと合わせ、舌先をほんのわずかに忍ばせてから身を離す。

「ありがとう」

微笑みかけると、ナイオルはキスだけでは収まりきらない欲情を隠しもせずにうなずいた。

＊＊＊

フィキラが教えてくれた薬は、ルアンが願う以上によく効いた。毎日三回与えると、夜泣きの回数は目に見えて減り、眠りも深くなったようだ。

エイダンの成長と重なった偶然かもしれなかったが、ルアンは満足した。あやしつかれた果てに眺めるエイダンも愛らしかったが、ぐずぐずと泣きながら、エルフの仲間が作ってくれた簡素な布人形を抱きしめて横たわる姿はいっそう胸に来るものがある。ゆりかごを揺らしながら、トントンと胸元を叩くと、やがて眠りに落ちていく。

「ずいぶんとお利口になったものだな」

ルアンの肩ごしに覗いたナイオルが、エイダンの柔らかな頬を指で押した。

「起きてしまうから」

ルアンがたしなめると、指はすぐに引いた。と思ったら、今度はルアンの頬を押してくる。

「おまえもまだまだ柔らかな頬だ。食べてしまいたいぐらいかわいいいな」

「……食べる？」

「そんなことを言うと、本当に食べるよ。わたしはいつだってハラペコなんだから」

足の間へ抱き寄せられ、ナイオルの高い鼻先でうなじをくすぐられる。

「……でも、ナイオル。エイダンが起きてしまうし、ひとりにさせるわけには……」

「声をひそめたら？」

断られるとわかっていて、わざと言っているのだ。声は笑っている。

「無理だもの」

からだに回ったナイオルの腕に手のひらを押し当て、ルアンは腰をよじらせて振り向いた。

「気持ちがいいんだものね」

リリンと澄んだ音がして、今日も夜行性のピクシーがやってくる。三匹がかりで、エイダンのゆりかごを揺らした。

「もう泣かなくなっちゃって……」

「つまらないわね」

「起こしちゃう？　起こしちゃう？」

美しい羽音が反響し合って大きく聞こえる。ルアンは指をピンと立てた。

「ダメだよ。エイダンは夢の中で遊んでいるんだから、そっとしてあげて」

そう諭すと、ピクシーたちは一斉にゆりかごから飛び立った。

「だって、あたしたちは、昼間は寝ているんだもの」

「遊びたいわ」

「遊びたい！」

部屋中をぐるぐると回る。

「だぁ、だっ！」

ふいに小さな声がした。ゆりかごの中からだ。

泣くでもなく目を覚ましたエイダンは、月明かりに飛び交うピクシーたちに手を伸ばす。

「笑ってる」

「あたしたちが見えてるの？」

「本当に？」

泣き喚（わめ）いているか、寝ているか。そのどちらかしか知らないピクシーたちははしゃぎ回り、ルアンとナイオルは顔を見合わせた。

「どうしよう」

ルアンがつぶやくと、長い髪をかきあげたナイオルはいたずらっぽく片目を閉じた。

「こんなにぱっちり目が開いてるんだ。眠りたくないんだよ。おまえたち、村の中へ行って、月見に誘っておいで」

「月見？」

ルアンがナイオルを振り向いたときにはもう、ピクシーたちは飛び去った後だ。

「村のはずれの大木の上に、月見のための台を作ってある。それほど高い場所じゃないから安全だ」

「それは心配していないけど……」

自分で言って、ルアンは首を傾げた。続きが出てこない。

「けど？　なんだい？」

ナイオルの指が頬を撫で、ルアンは自分の胸の中に答えを見つけた。こんなことを言っては、親としてみっともないだろうかと思う。でも、

「きもちの、いいこと……したかった、かな……って」

「素敵なお誘いだね。じゃあ、私たちは残ろう」

「でもっ……エイダンを人に任せて、その、その……そんなこと……」

ゆりかごの中のエイダンはいつになくご機嫌だ。月の光に向かって、きゃっきゃっと笑っている。

「おまえが、自分たちの慣習に従って、父と母としての領分を守りたいと思うなら、わたしはいくらでも付き合おう。かまわないよ。でも、夫婦の時間を持つことはそんなに悪いことかな」

「それ、は……」

「ここはエルフの村だ。そして、おまえはエルフの妻になった。なにより最優先されることは子どもの健やかな成長だ。でもね、ルアン。それにとって一番大事なのは、わたしたちの精神の安定だ。……正直、そろそろ、限界だな。わたしは」

甘い瞳がまっすぐに見つめてくる。

「そんなに、見ない……で」

「すぐに熱くなりそう？」

「言ったら、ダメだって……。エイダンが聞いてる」

「理解しているなら、なんていい子だろうね。きっと、仲間に任せても泣かずに出かけるだろう」

「そんなこと」

あるわけないとルアンは思った。

いままで一度も、泣かずに別れたことはない。ルアンの腕から仲間の腕へと移されるとき、エイダンはからだをよじらせて嫌がり、甲高い泣き声をあげる。

「エイダンより私を優先させろとは言わないよ。だけど、月夜の冒険に出かける子を信じてみるのもいいだろう？」

それはかまわない。でも、心配もせずに睦み合うのはどうだろうか。

「思い悩む顔も悪くはない」

うなじを指の関節で撫でられ、ルアンはぞくっと背筋を震わせる。

「もっと困らせてみたくなる……」

「ナイオル……っ」

深くくちびるが重なり、ナイオルの頬を両手で包んだ。

「んっ……」

「おまえはハーフエルフなのだから、産後のケアをもっと充分にすべきだった」

「なにを……言ってっ」

「子を成して一年は、どんなに絶頂を感じても不妊に終わる。そのあいだに、もっと深い情感を教えてあげるよ」

「……ん、あっ」

思わず甘い声が洩れ、ルアンはからだを引いた。

「も、もしも……エイダンが泣かなかったら、そうしたら……」

自分でもいい加減な交換条件だと思ったが、それぐらいしか考えつかない。

微笑んだナイオルが、ゆりかごから我が子を抱き上げる。

「エイダン、いいかい。今夜はとてもきれいな月の夜だ。知ってるね？　だから、仲間たちと心ゆくまで眺めておいで。朝までには迎えに行くから」

口調こそ優しいが、ナイオルは真剣だ。それがおかしくてルアンは笑った。成長は早いが、まだ歩き始めたばかりの赤ん坊だ。言葉は話せないし、理解もできていない。

そう思ったルアンは、少し惜しい気持ちになる。もしもエイダンが理解してくれて、ふたりだけの時間を与えてくれたらどんなにいいだろう。

しばらくして、ピクシーから話を聞いた仲間が迎えに来た。数人が集まっていたが、ルアンの腕の中のエイダンは、いつものように不機嫌な顔で泣き出す準備をしているようだ。

預ければ泣き出す。そうすれば、胸の内に募る性欲は、母性に負けて消えてしまうだろう。覚悟しながら、

「一緒に行けなくてごめんなさい。よろしくお願いします」

差し出された腕にエイダンを引き渡す。

「おや、今夜は泣かないね」

受け取ったエルフの仲間が微笑んだ。

「……あれ？」

眠っているのかと顔を覗き込むと、怒ったような顔をしたエイダンは、布人形を握りしめたまま目に涙を溜めていた。泣くのを必死に我慢しているような表情だ。

「もしかして、言葉を理解してる……？」

驚いて振り向くと、ルアンのそばに立つナイオルが手を伸ばした。まばたきと一緒に転げ落ちたエイダンの涙を指で拭う。

「おまえは、本当にいい子だ。明け方までには迎えに行く」

「どうしても朝まで一緒にはいさせてくれないね」

仲間のひとりが、ルアンをちらりと見た。少し笑った後で、思い直したように真剣な顔になり、まっすぐにルアンへ視線を向けた。

「ルアン。ナイオルは、エルフの王だ。聡明で統率力に優れた、力の強い、王だ」

「う、うん」

「力の、うんと強い王なんだよ」

「……知って、る……よ」

にこやかな笑顔でプレッシャーをかけられ、後ずさりかけた肩を摑まれた。その瞬間に、仲間が耳元でささやく。

「あっちも、うんと……なんだ」

「え？」

見つめ返したが、相手はなにごともないような顔で笑うばかりだ。

エルフはあけすけに性の話はしない。でも、愛する相手に対しては熱烈に愛を語る種族だ。つまり……。ルアンにも、仲間の言わんとしていることはわかった。

顔を真っ赤にしてうつむくと、それに気づいた他の仲間が、周りを急かす。仲間たちは早々に去っていった。

「恥ずかしがらせるつもりは……ないんだ」

気を悪くしたかと気遣ってくるナイオルに、ルアンはくちびるを噛んだ。

「いけないことじゃ、ない……？」

聞いている自分の、あきれるほどの無知が恥ずかしくなる。

こんなこと、町の男たちなら絶対に聞かないだろう。でも、彼らはエルフの妻じゃない。みんな、誰かを娶(めと)って、妻にして、子どもを産ませるのだ。

ルアンは、どうしたらいいのか、わからないと思う。女じゃないから、結婚してからの作法は教わっていない。子守の経験があっても、子育てとは違う。

なにがよくて、なにが悪いのか。判断ができなかった。

「夫婦が愛し合って、なにが悪い？」

ナイオルの手が、ルアンの頬を包む。額に甘いキスが押し当たり、そのまま赤ん坊のように抱き上げられた。

「親になるということはね、ルアン。もっと深い愛を知るということだ」

家に入り、寝室へ向かう。ベッドの上に下ろされて、そのまま押し倒された。

「いじわるはしないから……。いいだろう？」

口説かれながらのキスで、からだはすぐに熱を持つ。ナイオルは、ルアンの服を脱がしながら、自分の服を脱いだ。

重なり合うと、互いの徴（しる）しがこすれ合う。ルアンのからだの上でナイオルが動くたびに、じわじわと性感が募る。

「んっ、……ふ、んっ……」

じれったい行為に、ルアンは何度も震えた。そのたびに、股間の屹立がナイオルのからだを弾（はじ）く。

「あっ、あっ……」

ナイオルの根元に生える下草は、髪と同じ白銀色で、触れると柔らかい。それを濡らしていくいやらしさに、ルアンは手の甲をくちびるへ押しつけた。

甘い息がひっきりなしにこぼれ、激しくはない快感に心が揺さぶられる。

「あぁ、あ、ぁ……」

いつのまにか、両膝はしどけなく開いていた。たくましいナイオルの腰を足で挟み、知らないうちに、くいくいと自分の腰が動いている。

「……はぁっ、ぁ……ナイオル……あ、あぁ……」

腕に指をすがらせ、ルアンは喘いだ。浅い息を繰り返しながら、物足りなさを覚えた腰を揺らす。

言わなければ伝わらない。でも、恥ずかしくて言い出せない。

男の徴しを愛撫されているだけでは嫌なのだ。ナイオルと繋がることのできる、唯一の場所がもどかしい。

早く指を入れて欲しくて、ルアンはぎゅっと目を閉じた。摑んだ腕に軽く爪を立てる。

恥ずかしさをこらえただけだ。震えるくちびるを開き、頬をナイオルの肩へ押しつける。

意図したわけじゃなかった。

「……欲し……、指……」

かすれた声で訴えると、ナイオルは一瞬だけ固まった。

「……あ、あぁ」

取り繕うような声と深いため息の理由が、うぶなルアンにはわからない。無意識に男心を撫で上げながら、ルアンは言われるままに足を開いた。片膝を抱くと、浮き上がった腰の後ろへ指が這った。

「あっ……んっ」

粘り気のあるオイルをまとったナイオルの指が、すぼまりを突く。そのまま深く沈められ、ルアンは胸を上下させて息を継いだ。太い指の感触にさえ、甘い目眩が起こる。

「ナイオルの、指……っ」

「きもちがいい？」

「ん……。ぅ、ん……」

恥じらいながらうなずき、動き始めた指に身を任せた。声はひっきりなしに洩れたが、今夜のルアンは止めることも隠すこともしない。

「……ルアン」

ナイオルの手で前髪がかきあげられ、顔を覗き込まれる。キスが、額といわず、頬といわず、くちびるといわず、肌を埋めていく。

「おまえは……、きれいだ。エイダンが生まれて、きれいになった。かわいいだけじゃない……」

甘いささやきはふたりの間で、甘酸っぱく弾けて溶ける。

「おとなに、なった……でしょ？」

指で内側を乱され、ルアンは快感に顔をしかめながら言った。

「……なったよ」

「もう、中に……」

ナイオルの美しい顔立ちをなぞる自分の指先がまるで知らない動きをする。相手を深く愛しているとわかる、甘い動きだ。

そして、そう感じることは、とても幸福だった。

促されたナイオルが指を抜き、自身をあてがう。足を押し開かれ、すべてを晒したルアンは、貫かれる苦しさを甘だるい気持ちで受け止める。

切っ先がすぼまりを突き、太く猛ったもので内壁をこすり上げられた。

「あ、あ……っ」

苦しいのかと案じるナイオルが腰を引く。その動きを、ルアンは自分で制した。

「だ、め……。来てくれないと……いや」

甘くねだって腰を揺らすと、熱い息をついたナイオルがふたたび腰を進める。一息に貫かれ、ルアンはのけぞった。からだの内側から湧き出る熱い奔流にさらわれ、ひときわ大きく声をあげる。

ガクガクと揺れるからだを抱き止められ、熱が出たときのように喘いだ。

「ナイ、オル……。ナイオル……」

からだへ腕を回し、口に出すよりも雄弁に求める。腰を揺らすと、動きが始まり、ルアンは快感に細い声を途切れさせ、それでもなお自分の腰を揺すった。

ナイオルの快感が、汗ばんだ肌から伝わってきて、深い幸福感と快感の両方にさらわれる。

「あぁ……ぁ」

感じ入った声をあげて、ナイオルの肌にくちびるを押し当てた。その腰がびくびくと脈を打ち、ルアンはまた甘い悲鳴を洩らす。

心とからだが溶け合う情交に、ルアンは人とは違うエルフの生き方を思った。

どちらが正しいのでもない。それぞれ違っているから、みんなひとりでいられないのだ。

だから、苦悩でさえも自分ひとりが抱えていいものじゃない。

ルアンはナイオルの妻で、そして、ナイオルはルアンの夫。

ふたりは夫婦だから、喜びも悩みも、ふたりのものであるべきだった。

エイダンのぐずる声が聞こえて、ルアンは寝返りを打った。

湯浴(ゆあ)みで汗を流した後、少しだけ横になったつもりがすっかり寝入ってしまったのだ。

迎えに行ってくるとナイオルに言われたのは覚えている。

いつになく激しかった性交のだるさが、まだ下半身に残っていたが、エイダンを抱き上げてあやしてやらなければと思う。

ルアンはゆりかごへ向かって薄く目を開く。

そこに、ナイオルがいた。

ゆりかごの中からエイダンを抱き上げ、上手に腕へ抱き込んだ。とんとんと背中を叩きながら揺れる。

その長い髪が肩を覆い、まるで流れる白滝のようだ。明け方のうっすらと白んだ光が、窓から差し込んでいた。

「静かにおし……」

ささやき声で、ナイオルは幼な子に語りかける。

「おまえの母が目覚めてしまう。……いいかい、エイダン。おまえの母は、私の妻だ。大事な大事な伴侶だ。どんなに泣いても、ぐずっても、おまえだけが独り占めにはできないよ。私と一緒に、大事にしていかなければならないんだ。……さぁ、よく眠って、大きくおなり。エルフの子よ……」

揺れるナイオルの髪を目で追っていたルアンは、うとうとと目を閉じた。優しく甘い夫の声に眠気を誘われる。

ぼんやりと、母親のことを思い出した。いつのことかはわからないけれど、明け方の淡い光の中で、子守唄を歌っていた。手にしたレース編みは誰のためのものだっただろう。

兄弟それぞれがひとつずつ、いろんなものを作ってもらった。

眠りの中へ落ちながら、ルアンは夢を見る。

その肩へ、ナイオルがそっと薄掛けを引き上げた。

＊＊＊

薬草畑の手入れをしている間、エイダンはピクシーたちと遊んでいる。エルフの仲間に預けてもいいのだが、今日は本人が行きたがらなかった。

生まれて五ヶ月で二歳ほどの大きさになったエイダンは、話すことこそできないが、自己主張は一人前にできる。

「あー、うっ。あーぁ」

土を打つような仕草が気になって見に行くと、ピクシーたちと一緒になって石並べの真っ最中だった。小さな石で模様を描いているのだ。

「じょうずだね、エイダン」

声をかけると、

「あいっ」

石を手にニコリと笑う。返すルアンの微笑みもとろけてしまうほどの愛らしさだ。

「エイダンは、まだおしゃべりできないのね」

赤いドレスのピクシーが飛んでくる。羽音がリンリンと鳴る。

「でも、成長のスピードはエルフの子に追いついたよ。言葉もすぐじゃないかな」

ルアンが答えると、黄色のドレスのピクシーがくるくるっと回転した。

「早くおしゃべりがしたいわ」

「ハーフエルフの子だからでしょう」

別のピクシーが知ったかぶった顔で言った。ルアンは、指先でちょんと突いた。

「遅い早いは、個人差だよ」

はっきり言うと、ピクシーは澄ました顔でせわしなく羽を鳴らした。バツが悪く思っている証拠だ。

この頃のルアンは、ちょっとやそっとのことでは動じなくなった。それでもやっぱり、ときどき滅入る。そんなときは、ナイオルに相談すればいいだけだった。

話を聞いてもらうだけで、すっきりする。

「だけど、ルアン。この子はハーフだから、加護が薄いじゃない」

「薄くないよ。エイダンはハーフエルフじゃなくて、エルフだよ」

即答したが、葉っぱのドレスのピクシーが言う。

「それはそうだけど、やっぱり普通のエルフの子とは違うみたい。ルアンにはわからないでしょ」

そして、別のピクシーが続ける。

「わたしたちだって妖精よ。精霊の気配ぐらい感じるわ」

「でも、平気ね。普通と違っても」

「ナイオルが力を分けてるもの」

そう言われて、いつかの夜を思い出した。立ち聞きしてしまったナイオルとフィキラの会話だ。

おぼろげな記憶をたどり、

「ねぇ、ナイオルが力を分けすぎたらどうなるの？」

「さぁ、どうなるのかしら」

「知ってるわ！　村を守護する力が弱まるのよ！　あら？　それっていいのかしら」

「長老が怪しげな儀式をしてたじゃない」

胸の前で手をぶらぶらさせたピクシーが、エイダンの肩に腰をおろした。そっと払って捕まえ、すぐに解放する。

「村を守護する力が弱まったらどうなるのかな」

また新しい質問をした。

「エルフの村に近づくなんて、悪いドワーフかゴブリンぐらいよ」

「そういえば、向こうの村はずれでゴブリンの足跡を見たわ」

一匹がなにげなく言った瞬間、他のピクシーたちが悲鳴をあげた。驚いたエイダンが泣き顔になってルアンの足にしがみつく。

「静かに、静かに、みんな、静かにして」

声をかけて落ち着かせると、悲鳴をあげながら飛び回っていたピクシーたちはひとところに集まった。

エイダンを抱いたルアンは、畑のそばに広げた布の上に座った。膝の上にエイダンを抱くと、ピクシーたちはひとかたまりになったまま近づいてくる。

「ゴブリンって、そんなに怖いの？」

「見たことなぁい？」

「人間の町ではまったく見ないよ。赤ちゃんをさらうって話はあるけど、あれは子どもをこわがらせるための……」

笑い飛ばそうとしたが、そのまま固まってしまう。背筋がひやっと冷たくなった。

「あるのよ、ときどき。エルフに限らないの」

「小さな子どもが好きだから、どんな妖精の子どもでも、つれていってしまうのよ」

「ゴブリンってね、緑の小さいやつよ」

「エイダンよりは大きいわ」

「全身が汚くて、爪がだらしなく伸びているの」

「あぁ、嫌だ」

ピクシーたちはブルブルッと震えた。

「でも、ルアン。ここはナイオルの守る村よ。彼がいる限り安全よ」

「そうだね」

勇気づけられて、ルアンの表情に笑みが戻る。すると、エイダンも笑顔になった。

「まぁ、かわいい！」

固まっていたピクシーたちが、ぱっと飛び散る。色とりどりの花が咲いたような動きに、エイダンはキャッキャッと手を打って喜んだ。

「早くおしゃべりして欲しいわ」

「とっても楽しみね」

飛び交いながら言ったピクシーたちはまたひとかたまりになり、エイダンを喜ばせるため、派手に飛び散った。

3

「帰りは夜になる。なるべく早く戻るよ」

何度目かのキスをして、出かけ支度を整えたナイオルは繰り返す。その胸を撫(な)で、ルアンは全身でもたれかかる。

抱き止められ、つま先立った。頬(ほお)にキスをして離れる。

「もう何度も聞いたから。留守番ぐらいできるからね。村に誰(だれ)もいなくなるわけじゃないし」

他の村で問題が起こり、ナイオルに呼び出しがかかったのは昨日のことだ。日帰りで出かけるのは側近の数人だけだった。

「あー、あー」

仕掛けおもちゃで遊んでいたエイダンが、ナイオルに近づいた。手にしているのは小さな砂糖菓子だ。

「ありがとう、エイダン。途中で食べることにしよう」

ルアンが持ってきた布に包み、服の合わせに押し込む。

「みんなを待たせているんじゃない？　早く出て、早く帰ってきて」

「そうしよう」

答えながらエイダンを抱き上げたナイオルと一緒に、外へ出る。すでに用意を整えた数人が揃い、ナイオルが乗る馬も準備が済んでいた。

「みんな、いってらっしゃい」

仲間に声をかけ、ナイオルからエイダンを受け取る。額と頬に、出かける前のキスを受けた。ナイオルはエイダンの額にもキスをして、ようやく馬にまたがった。

仲間たちが急かすこともない。ただ微笑んで眺めているだけだ。

「気をつけて！」

一行に手を振ると、背中に弓と矢筒を背負ったエルフたちも振り返って手をあげた。

それぞれに凜々しい美丈夫ばかりだ。中でも、やはりナイオルが一番だとルアンは思う。

「さぁ、エイダン。なにをして遊ぼうか」

子どもを地面に下ろして、目の前にしゃがみ込む。

「あーぁ」

エイダンが指を差したのは、ナイオルたちが出ていった方角だ。

「うん？　あぁ、馬か。そうだね、馬を見に行こう」

ルアンが立ち上がると、エイダンは待っていたように手に摑まってきた。指先をぎゅっと握られて、しっかりと手を繋ぎ直す。

「お馬さん、お馬さん」

節をつけて歌いながらのんびり歩いて、村にある共同の馬小屋へ向かった。


オ・ニールの村にいる若いエルフたちの多くは、結婚適齢期に合わせた花嫁探しの旅を中断している者だ。エルフの男同士で婚姻したカップルやすでに子作りを済ませた世代もいるし、伴侶が見つからなかったエルフたちも暮らしている。彼らもまた、さびしい暮らしはしていない。

ルアンが馬小屋へ連れていくと、馬の世話係たちは大喜びで迎え入れてくれた。馬のたてがみに触らせたり、背中に乗せたり、餌やりをさせてくれたりと、あれこれ楽しませてくれるので、ルアンの出番はほとんどない。

ときどき報告に来るエイダンに「見てたよ」「良かったね」「楽しいね」と言うだけの役だ。それでも子どもは見ていて飽きなかった。

誘われるままに馬の世話係たちと夜の食事をして、そこでナイオルを待つことになった。

でも、なかなか到着の連絡は回ってこなかった。

エイダンが眠たそうなそぶりを見せ始めたのを機に、ルアンは自分たちの家に引き上げた。

家までは馬の背に乗せて送ってもらい、うとうとしているエイダンを抱いて寝室へ入った。夫婦のベッドのそばに置いた、小さな子ども用のベッドへ寝かせる。

家まで送ってくれた仲間のひとりが、ナイオルが戻るまで、下の部屋での待機を申し出てくれた。ハーフエルフであるルアンの非力を知っていることと、長が不在だということを心配したのだろう。

ルアンは窓辺に置いたイスに座った。

月夜だが、雲が厚い。風が流れて、ときどきあたりは真っ暗になった。

「なんだか、嫌な夜ね」

「静かすぎるわ」

夜行性のピクシーは今夜もやってくる。冷たい言い方だが、おしゃべり好きなのは日中に行動するピクシーと変わらない。窓の桟に腰かけて、今夜も自慢の羽音を響かせる。

それをルアンに聞かせたくてたまらないのだ。

「きれいな音だね」

心から褒めると、黒髪がふわふわと揺れた。恥ずかしそうにもじもじしているのが、どこかいじらしく見える。

一匹一匹に名前をつけたいと思ったが、ピクシーに人生はないのだからとナイオルに止められた。生きている間の知識は蓄積されるが、生まれ変わると、これまでの暮らしは忘れてしまう。どのピクシーがいつ生まれ変わったかは知ることも難しい。

気ままな花の小妖精でいさせてやれと言ったナイオルの言葉を、ルアンは今夜も嚙みしめる。人間にはわからない感覚だ。

ピクシーたちも仲間だから、名前をつけてそれぞれを認識したいと思う。それがいけないことなのか。なぜ、と自分の胸に問いながら、美しい羽音のハーモニーに耳を傾けた。

あるがままを、そのままに。

そんなふうにしておくことが怖いのは、ルアンが人間だからだろうか。

親がふたりいたら、父と母を揃えたくなる。性交で受け身になる方が母だと決めてしまう。

本当は、どちらも父性を持ち、母性を持っている。ルアンもナイオルも。

考え事をしているうちに、外はすっかり暗くなった。うとうとするルアンの膝の上で、一匹のピクシーが大きなあくびする。

ルアンは思わず笑った。その瞬間、部屋に生き物の気配を感じた。

ナイオルじゃないとわかったのは、全身が怖気立ったからだ。

息を飲んで飛び上がったルアンの膝から、ピクシーが転げ落ちた。文句を言いながら飛び上がり、小さな悲鳴を震わせた。

部屋には見知らぬ生き物が立っていた。

忍び込んでいたのは、ルアンが見たこともない生き物だった。背丈はルアンの半分くらいしかなく、全身が緑色で、髪もろくに生えていない。

ボロボロの服はところどころ破けていて、見るからにみすぼらしい。

窓から突風が吹き込み、ピクシーたちが翻弄される。木の扉がバタバタと音を立て、ルアンは我に返った。

緑色の生き物がゴブリンだと閃き、同時に駆け出す。小さなつむじ風に先を阻まれたが、かまわずにベッドへ飛びつくようにしてエイダンを抱き上げた。

その勢いで目を覚ましたが、泣き出すことはなかった。異常事態が気配でわかるのだろう。ひしとルアンにしがみつく。

「きーひっひっ。エルフの子なんて珍しい」

長い爪をしたゴブリンは、汚ない歯をむき出しにして笑う。

「珍しいったら、珍しい！」

甲高い声は耳障りだ。ルアンは後ずさった。

「その子をちょうだい。その子が欲しい」

右へ左へと飛び跳ねるゴブリンは、奇妙な声で歌うように言った。そのたびに、影が壁へと大きく伸びる。

ピクシーたちは悲鳴をあげて飛び回った。初めてゴブリンを目の前にしたルアンは震える膝をどうすることもできず、その場にうずくまる。

「その子が欲しい。その子をちょうだい。エルフの王の、小さな男の子」

「やめて！」

まがまがしい響きの歌を遮り、大声で叫ぶ。

「この子は、だめ！　うちの子なんだから！　出ていって！」

「行かない行かない、行かないよ。こわい、エルフの王様は、どこか遠くで帰らない。いまなら、子どもをさらい放題。離さないなら、おまえごと。ひーひっひっ」

飛び跳ねるゴブリンが少しずつ近づいてくる。

震えるエイダンをいっそう強く抱き寄せ、ルアンは力を振り絞った。ガクガクと震える膝で後ずさる。

「誰か……っ。誰か！」

下の階に仲間がいることを思い出して声を張りあげる。

「助けて……っ！」

ゴブリンの動きが読めず、背中を見せることもできない。だが、凝視しているだけで猛烈な嫌悪感に襲われる。

ルアンはもう一度叫ぼうと息を吸い込んだ。

しかし、それよりも早く、なにかが風を切り裂いた。目の前のゴブリンが悲鳴をあげ、ぎゃぎゃっと叫んで飛び退る。逃げ惑う緑の色のからだには、エルフの矢が刺さっていた。

部屋へ駈け込んできたのは、下の階に控えていた仲間と、ようやく帰宅したナイオルだ。

仲間がルアンを背にかばい、ナイオルが矢を放った。ふたつめの矢は、逃げ惑うゴブリンの眉間を射抜いた。断末魔の声が部屋に響き、緑の生き物は跡形もなく消滅する。

「すぐにみんなを呼んできます」

仲間がさっと立ち上がって部屋を出た。しゃがみ込んだまま震えるルアンのそばに、ナイオルが膝をつく。

「ルアン、立てるか。すぐに清めるが、今夜は別の部屋で寝よう」

肩をさすられ、ルアンは浅い息を繰り返す。ゴブリンを目にした恐怖心は冷めやらない。でも、安心していた。

ナイオルの声が胸に沁み入り、やっとまともな呼吸ができる。

「こわかっただろう。だいじょうぶか」

こめかみにキスをされて、ルアンの瞳から涙がこぼれた。胸に抱いたエイダンは、小さく震える声で泣いている。

しがみついたまま固まってしまっている指を、ナイオルが優しくほどいた。

ルアンは、幼い子どもの髪にくちびるを押し当てて言った。

「……エイダンの、ベッドのそばに……いたんだ」

「……どこから村へ入ってきたのか」

口惜しそうなナイオルがエイダンの髪を撫でた。顔を覗き込み、名前を呼びながら額に貼りついた髪を分ける。

その指が止まった。

「ナイオル？」

ルアンは指の先をなにげなく見た。そこに傷がついている。小さなバツ印だ。

「あぁ……、ぶつけたかな。それとも、服の……跡かな……」

言いながら、ルアンは不安になった。

自分の衣服に、そんな跡の残りそうな飾りはない。それに、バツ印は汚れた色をしていた。それはまるでゴブリンの肌のような色だ。

「ナイオル、これ……どういう……」

「ゴブリンがつける、獲物の印だ。仲間はこの印から放たれる匂い（にお）を嗅（か）ぎつけてくる」

「ごめんなさいっ……。ぼくが、窓を閉めていれば」

声がひっくり返ったが、そのまま一息に言う。エイダンが驚いて泣き出し、ナイオルは両方の腕で妻と息子を抱き寄せた。

「そうじゃない。これはわたしの責任だ。村を留守にするべきではなかった。守護が……」

その先は言わなくてもわかった。ナイオルはエイダンに力を分けている。そのことで弱まった守護は長老が儀式によって補っているが、ナイオル自身が村から出てしまっては元も子もなかったのだ。

悲痛なナイオルの表情に、ルアンは言葉を飲み込んだ。泣いているエイダンをしっかりと抱き寄せることしか自分にはできない。そして、ナイオルの服を摑んだ。

　夜のうちにフィキラが駆けつけ、泣き疲れて眠ったエイダンの額を確認した。

「確かに、ゴブリンの印に違いない。だが、どうしてだ」

　苛立ったようにナイオルを振り向く。

「ナイオルが使っている力の分は、仲間が補っているはずだ。それで守護は保たれている。そのことはわたしにもはっきりとわかる。……ナイオル、いくら力を分けているからといって、ゴブリンごときがエルフの王が守る村には入れないぞ」

「他に理由がわからない」

　立ち上がったナイオルは、窓辺に立った。月が雲に隠れた不穏な夜は、白々と明けようとしている。

「これを消す方法は……」

　ルアンが見上げると、フィキラの顔つきがいっそう厳しくなった。黙ったまま、左右に首を振る。

「そんな……、なにか、方法があるでしょう。それじゃあ、このまま、この子は……」

「俺が守る」

　ナイオルが振り返る。

「そういう問題じゃない！」

たまらずに叫んだ。

「ぼくらはこの子より早く死ぬんだよ！　ずっと、一緒にいられるわけじゃない。ハーフエルフの子なのに、こんな印をつけて生きるなんて……」

「ルアン。ハーフエルフは悪いことじゃない」

フィキラが叱(しか)るような口調で言った。

「いつまでそんなことにこだわるつもりだ。この子はエルフだ。親の純血は問われない。文献にも稀(まれ)なのは、それが奇跡に近いということだ」

聡明(そうめい)な金色の瞳に見つめられ、ルアンは平常心を取り戻した。エイダンの不幸を、自分の出自に求めても、なにも解決しない。

そばへやってきたナイオルに抱き寄せられ、強張(こわば)っていた肩から力が抜ける。

「精霊の加護でどうにかならないの？　エルフが、ゴブリンに屈するはずがない」

うなずいて欲しくて、必死の視線をナイオルへ向ける。考え込むような視線が、フィキラへと向く。ふたりは同じことを考えているのだろう。互いに目配せをし合ってうなずいた。

「それだ。ルアン」

　ナイオルの両手に頬を包まれる。続きはフィキラが話した。

「もしも、この子を加護する精霊がわたしたちの思いもよらないものだとしたら、相談する相手は『大精霊』しかいない」

「……大精霊？　それが、ルアンを加護するってこと？」

「それはないだろう」

　ナイオルが首を振った。

「大精霊は、樹海に守られた森の主だ。この世界が生まれた頃から留まっている精霊と言われている。彼に会うことができるのはエルフの王だけだ」

「……ナイオル」

「そうだ。わたしだ。彼に会えば、村の守護が脆弱になった理由もわかるかもしれない。エイダンは連れていく、おまえは……」

「一緒に行く」

　ナイオルの腕を摑んだ。床を踏みしめて顔をあげる。

「ハーフエルフが樹海に入れないなら外で待つ。お願いだから、待っていろなんて言わないで」

　ルアンの訴えに、ナイオルはほんのわずかだけ悩んだ。しかし、それは本当にほんの一瞬のことだ。

「よし、行こう。フィキラ。わたしたちはいますぐ旅に出る。付き添いを三人ほど募ってきてくれ。それから、緊急事態を発令すると、長老にも」

「わかった。伝えよう」

フィキラが部屋を出ていく。下半身が馬の彼は誰よりも足が速い。

「ゴブリンが入った形跡を察知されたら、悪いドワーフが襲撃してこないとも限らない。出かける前に、緊急事態を宣言して武装状態にする。……旅の支度をしよう」

凜々しい声で言われ、ルアンはくちびるを引き結んでうなずいた。

＊＊＊

樹海の森は、世界の中心にそびえる山の麓（ふもと）にある。

オ・ニールの村からは山脈を越えた向こうだ。山越えをすれば早いが、途中の野営は当然厳しいものになる。

幼いエイダンの体調を考え、山脈の低い部分を進むルートが取られた。

「からだはだいじょうぶか」

二日間も馬に揺られ続け、ルアンは限界に近かった。からだ中の筋肉が強張り、無理してついてきたことが足手まといになったのではないかと思える。

でも、エイダンにはルアンが必要だった。移動はおとなしくナイオルに背負われていたが、それも後ろに続くルアンに向かって結びつけられていたからだ。

「ぼくよりもエイダンが心配だよ……」

野営の天幕の下で、ルアンはからだを起こした。

外はもうすっかり夜だ。食事も終えた後は、順番に仮眠を取る。警備はナイオルを含んだ四人のエルフが、常時ふたりになるように睡眠時間をずらして行っていた。

その部分ではまるで役に立たないルアンは、隣で眠っているエイダンの頬をそっと撫でる。昨日の晩は夜泣きせず、誰の睡眠も邪魔しなかった。

そうなった理由は、目に見えて明らかだ。旅の疲れのせいじゃない。ゴブリンの呪(のろ)いを受け、体力さえ失われている。誰も口には出さないが、ルアンにもそう思えた。

明日の夜には樹海のそばに到着するはずだが、中へは入れない。暗闇(くらやみ)の中では道迷いになるからだ。一晩過ごした後、夜明けが来たら森へ入る算段になっている。

「まだ心配するときじゃない」

ナイオルの手が伸びてきて、ルアンの手を掴んだ。ふたりの指が絡む。

「そうだね」

見つめ返したルアンには、夫の気持ちがよくわかった。彼の中にも不安と恐怖がある。でもそれを、決して見せない。

自分の方が、ルアンよりも強いと思うからだろう。

そして、それは事実だ。ナイオルの一言で、ルアンの心は強くいられる。

「そうだね」

もう一度繰り返して、ルアンはうなずいた。

そうすることで、ナイオルの気持ちを支えたいと思う。ルアンが不安を払拭すれば、自分に弱さを許さないナイオルもまた強い精神力を保っていられるのだ。

天幕の中には仲間の寝息が満ちていた。そして、エイダンの小さな息遣いも混じっている。

どうにかして助けてやりたいと、ルアンは心から願い、知らず知らずのうちにナイオルの指を強く握りしめる。

ふたりは肩を寄せ合い、お互いを強く保つためにキスをした。それから、かわいい我が子にも交代でキスをする。

ルアンの後でナイオルがキスをすると、エイダンの目がぱっと開いた。瞳がルアンを探し、指が宙を掻く。

「おやすみ、エイダン」

ルアンが笑いながら指を捕らえると、あどけない笑みを浮かべたエイダンは目を閉じた。

そのまま大きなあくびをひとつする。

ルアンとナイオルは顔を見合わせ、その瞬間だけは不安を忘れて心から微笑んだ。


翌日の道行は厳しかった。

馬に乗ったままでは渡れない深い川をふたつも横切ったからだ。

からだの半分を川の水に浸してロープ伝いに渡る。エイダンは背の高いナイオルの背中に結びつけられ、仲間たちは、怯える馬のくつわを取り、なだめながら渡らせた。

びしょ濡れになった服は着替えたが、からだを温める間もなく道を急いだ。

夜が来る前に野営の天幕を張らなければならなかった。今日中に樹海のそばまで行けなければ、予定が一日伸びてしまう。どこでも安全というわけではなかった。

そんな中でも幸運だったのは、別の村で暮らす女性エルフに出会えたことだ。樹海周辺の情報を詳しく聞くことができたおかげで、時間が押していたにもかかわらず、野営の場所を即座に決めることができた。

同時に、ことの次第を彼女の村へ伝達してくれるように頼んだ。

「女性エルフたちの王は、ナイオルじゃないんだね」

天幕の中で座ったルアンは、エイダンの肩へと布を引き上げながら言った。

そばにはナイオルがいる。仲間たちのひとりは仮眠を取り、ふたりは外で警護にあたっていた。時間はもう深夜だ。

「女王様っていうの？」

「人間はそう呼ぶかもしれないが、エルフの中では、ただの『王』だ。同じエルフという名を持っていても、わたしたちとは考え方が違うからな」

「そうなんだ……」

気もそぞろに答えたルアンは、ずっとエイダンを見ていた。あれほど手を焼いた夜泣きが嘘のように眠っているが、ときどき目覚めてぐずる。調子が思わしくないからだ。川の水に足を浸して冷えたせいだと思いたかったが、馬上のナイオルが素肌で温め続けたおかげで体温が下がることはなかった。

元気がないのは、川を渡る前からなのだ。

野営を張ってからも、食事を欲しがらず、起き上がるのも億劫そうに横たわった。すぐに寝入ったが、短時間で目を覚ます。

うなされているような声に気づいたルアンは、そのたびにトントンと胸元を叩いてやる。すると、エイダンは泣くこともなく、寝入りにくそうにぐずりながら目を閉じた。やがてふたたび眠りに落ちる。

暗い天幕の中は、外の焚火のおかげで薄明るい。顔を近づけると見えるエイダンの表情を、ルアンは注意深く見つめた。募ってくる不安を心の奥に押し込める。

樹海の森まで来たのだ。この奥には必ず解決策があると信じている。だからこそ、神経は過敏に冴えた。

眠れなくてもいいから横になっていろとナイオルから言われ、おとなしく従ってからだを横たえる。明け方には少しだけ眠った。

目を覚ますと、ルアンの目の前にはエイダンが眠っていた。背中に寄り添う温かなぬくもりがあり、ナイオルに抱かれているのだとすぐにわかった。

道理で眠れたはずだと思い、耳を澄ます。背中に感じている確かな鼓動に合わせて、身をよじらせているエイダンをあやした。どんな夢を見ているのかと思う。

少しでもこわくない夢にしてやりたいと願っているうちに朝が来た。

樹海へ入る用意が終わり、ルアンはナイオルとエイダン、そして仲間のひとりを、残ってくれる仲間ふたりと一緒に送りに出た。

樹海の入り口はすぐそこだった。野営からも見える距離だ。

樹海の森へ入れるのはエルフだけだと言われていて、他の妖精はもちろん、人間は暗闇を恐れて近づきもしない。

たとえ近づいたとしても、選ばれた者以外は中へ入れない。生い茂った草や枝に阻まれ、進めないのだという。

「エイダン、いってらっしゃい」

ルアンは無理にでも笑顔を作った。ナイオルに抱かれたエイダンに声をかける。そっと頭を撫で、柔らかな頰を指の関節でなぞる。離れて送り出そうとすると、エイダンは嫌がった。

それでもナイオルは歩き出す。

ルアンには道があると思えない草むらへ近づいていくと、ふいにエイダンが叫んだ。泣き声をあげ、手足をばたつかせて暴れる。どこにそんな力を残していたのかと思うような動きで、ナイオルの手から落ちそうなほど背をそらすのが見えた。

ルアンは思わず一、二歩、前へ出る。

あまりの暴れように抱いていられなくなったナイオルが地面へ下ろすのと同時に、ルアンは駆け寄った。エイダンも這うようにしてルアンに飛びつく。ルアンはとっさに抱き上げようとした。

でも、エイダンに手を叩かれる。抱っこを拒んだ代わりに、ルアンのズボンをむんずと掴んだ。

「あー、あー」

肩を震わせてしゃくりあげながら、エイダンは開いた手で樹海の入り口を指した。小さな瞳の目元は赤く、焦点は定まっていないようにも見える。

それが小さな子どもの最後の力かと思うと、ルアンの目頭は熱くなった。考えたくなくても、考えてしまう。

エイダンのからだの中では、呪いとの戦いが続いているのだ。

「エイダン……。ぼくは行けないんだよ。エイダン」

そう言ったが、エイダンは聞き入れなかった。言葉はわかっているはずだ。それでもなおもズボンを引っ張り、入り口を示す。その必死さにルアンはしかたなく手を取った。

言葉が聞き取れるとしても、大人の言うことのどれぐらいを理解できているのかはわからない。

そして、ルアンにはもうひとつの不安があった。口にすれば、ナイオルに叱られるようなことだ。

　もしかしたら、ハーフエルフの子であるエイダンは、樹海に拒まれるかもしれないと思う。それならば、この子をナイオルだけに預けるべきじゃない。

　ルアンは、草むらの前に立つナイオルへ近づいた。

「エイダンが怖がっているから、ぼくも一緒に行く」

「ハーフエルフが中へ入った例はない」

　ナイオルが表情を歪めた。ルアンは食い下がった。

「口伝に残らないことは、いままでだってたくさんあったよ。……入ることが許されないなら道は開かないって、ナイオルは言ったでしょう。近づいたら攻撃されるのかな？」

「それはないはずだ」

　断言しないナイオルを、ルアンはまっすぐに見つめた。

　心配してくれていることは痛いほどにわかる。けれど、引き下がれなかった。腕の中には我が子がいる。守りたいと思うのは、ルアンも同じだ。

　そしてなによりも、エイダン自身がルアンを必要としている。

「そうですよ、ナイオル」

　ふたりの沈黙を見かねて割って入ったのは、ナイオルたちと行動を共にする仲間だった。

金色の髪をした、サーミラという名の若いエルフだ。

性格は闊達(かったつ)で知恵に溢(あふ)れ、弓の腕もいい。村に残っている若手の有望株だった。

「ハーフエルフは、人間の優れたところを残し、エルフの良いところを吸収しているはずです。俺は、ルアンを信じていいと思います」

「信じていないわけじゃない」

瞳を細めたナイオルは、不本意そうにあごをそらした。

「じゃあ、いいよね」

エイダンを抱いたルアンが勢いよく詰め寄ると、後ずさりもしないナイオルに抱き留められた。

「わかった。だが、万が一ということもある」

そばについていると言われ、ルアンはうなずいた。

腰を抱かれ、ゆっくりと草むらへ近づく。

「わたしも、中へは初めて入るんだ」

なにが起こるかわからない緊張感を全身からみなぎらせたナイオルが、ささやくように小さな声で言う。

仲間たちが見守る中、ルアンは草むらを見渡した。草だけでなく枝や蔓(つる)も複雑に絡み合い、道を見つけるどころではない。

「これは……」

エルフの仲間たちが口々に驚きの声をあげる。

ナイオルとルアンも目を丸くして視線を交わし合った。

道は、おのずと開いた。

まるで、風に吹かれた扉がひとりでに動くように、目の前を遮っていた草や枝葉や蔓が、するすると引いていく。

三人の前に、道はまっすぐに伸びていた。まるで待っていたかのように、暗闇の中に咲いたホタルウリが光る。ぽうぅっと青白い光を放ち、道の先まで見通せた。

「問題、なかったですね」

唖然(あぜん)とした声で言ったのはサーミラだ。

同意したナイオルが先を促し、ルアンも含めた四人で中へ入った。残りのふたりは野営を守るために戻っていく。

エイダンは自分の足で歩きたがり、ナイオルとルアンは両側に寄り添って手を繋いだ。

興奮で疲れを忘れていたエイダンは、やがて足をもつれさせ始め、ナイオルに抱き上げられても抵抗しなかった。

そこがちょうど半分だっただろう。

歩いてきた分だけさらに進むと、外から見ていた暗闇が嘘のような牧歌的な明るさに迎え入れられた。

光に満ちた空間には、横たわった大木が複雑に重なり合い、その上に天幕のように枝が広がっている。目で追っていくと、幅の広い木の壁があった。しかし、よくよく見ると、それが本体。この樹木の幹だった。

大木が横たわっていると思ったのはすべて、隆起した根だ。リスが走り回り、ウサギが隠れる。向こうの方では、シカが飛び跳ねていた。

ナイオルもサーミラも感嘆の息を洩らす中、木の根の上に下りていたエイダンだけがとっとっと前へ進み出た。ルアンは慌てて後を追う。

柔らかな日差しが差し込み、枝葉の影がレースのように揺れる。エイダンは木の根から器用に下りて、下草を踏んで立った。

誰が教えたわけでもないのに、膝に手を揃えて頭を下げる。

たどたどしい動きだったが巨大な樹木は応えた。ざわざわっと木肌が波打ち、こまかな朝露が霧雨のように降る。

「なんと……、珍しい客だ……」

地を這うような低い声が聞こえ、エイダンがあたりを見渡す。ルアンも同じようにした。その肩をナイオルに叩かれる。

視線をまっすぐ向けると、壁のように見える木の幹に刻まれたシワが顔に見えた。

上下に動く二つのものはまぶただ。そして、くちびるらしきシワが動く。

「そこにいるのは、エルフの王か」

大精霊の声は、放たれるたびにはっきりと大きくなった。だが、しわがれているのは変わらない。

「いかにも」

ナイオルが前へ出た。エイダンのそばに立ち、

「エルフを統べる役を務めております。名はナイオル。ここにいるのが、わたしの妻、ルアン。仲間のサーミラ。そして、我が息子のエイダンです」

「ふむ。その額にあるは、ゴブリンの印じゃな」

説明する前に見抜かれた。

「はい。一生をゴブリンに惑わされるには惜しく、なにか方法があればと思い、尋ねに参りました」

「方法だと……？」

大精霊の一言に、対面する三人は一気に緊張した。そんなものはないのだ。わかっていて、ここまで来たのだと、誰もが思い出す。

ナイオルが片足を前に出した。身を乗り出すようにして訴えた。

「息子は火の加護で生まれた者です。北方にある、消えない炎の山で火に当たらせるがいいかとも思いましたが……どうでしょう」

「ふぅむ……」

ナイオルの勢いを阻むように、大精霊はのんびりとした返事をする。

「ときに、エルフの王・ナイオルよ。なぜ、元は人であろうハーフエルフを、この樹海へ招き入れたと思う」

「王と契りを結んだ者だからでは……」

「エルフの王とハーフエルフの間に子が生まれることは、ごく稀だと知っておろう。まず、出会うたことが奇跡じゃ」

「はい。……それはこの身が一番よく知っています」

「おぬしらの子は、火の加護で生まれたのではない」

「では……」

ナイオルの問いに、大精霊は静かにゆっくりと答えた。

「星じゃ。星の精霊じゃ。そこにおる、王の妻よ。おまえの瞳には見えていたはずであろう。精を受け、孕んだその瞬間、まぶたの裏に映ったものは……？」

「またたく、星……」

思わず口にしたルアンは、自分のくちびるに指で触れた。いまでも昨日のことのように思い出せる。激しく奥深い快感の果てで、ナイオルに抱かれ、ナイオルにしがみついて見たものは、弾けるように輝く無数の星だった。

「星の加護なんて」

つぶやいたのはサーミラだ。聞いたこともないのだろう。しきりと首をひねる。

ルアンを振り向いていたナイオルが、形のいい眉を跳ね上げた。なにかに気づき、柔らかな微笑みを浮かべて言う。

「何千年に一度の瑞兆だ。精霊の書にもあるだろう。『エルフの王のもとに星の加護がもたらされたとき、エルフの王国は新緑の繁栄を迎える』」

「あれは、ケンタウロスが書き残した伝説でしょう」

サーミラの言葉を聞き、

「はっはっは」

と大精霊が笑った。また霧雨が降り注ぐ。

「星の加護のもとに生まれたエルフは、生まれながらの力は決して強くない。それどころか、自ら守護を打ち消してしまう。ゆえ、村の結界がほころび、ゴブリンのような妖精につけ込まれる。印をつけられたのは、親のせいではなかろう。力を欲するその子自身の想いが、よからぬものを呼んでしまったのだ。……印から逃れる方法はただひとつ。ここから南西の位置にある丘の上の窪み、その泉へ落ちる『星のかけら』をその子に持たせることだ。肌身離さずおれば、星の守護を得て、この先は心配ない」

そこまで言って、大精霊は柔らかなあくびをした。

「久しぶりの来客で、すっかり疲れた。礼は、その子が無事に育った暁で良い。嫁探しの旅立ちにでも、寄らせよ……」

声は次第に小さくなり、最後には、聞き取れないような寝息に変わった。エイダンが木の根に近づき、おもむろに叩く。

咎めるのは、揺れる木の葉だけだ。もう霧雨も降り注がない。

「ここから南西の丘か」

ナイオルがエイダンを抱き上げて戻ってくる。長い金髪を高い位置で結んだサーミラが答えた。

「昨日のエルフが言っていた、悪いドワーフが裏側に住むという場所では……」

「なるほど。落ちてくる星を糧にしているということか。厄介だな」

「表から行けば、目は欺けるかもしれません。樹海が目に入る位置には来ないはずです。しかし時間が読めませんね。星が落ちてくる周期は、星読みがいないと……」

「迷っている時間はない。天幕を撤収して、露営の場所を変える。……星の落ちる周期がわかればいいが……。昨日のエルフの村まで、ひとり行かせよう」

「……ナイオル」

ルアンが近づくと、エイダンが腕を伸ばしてくる。応えて抱き取った。

「どうした」

ナイオルから聞かれ、

「……気づかなくて、ごめんなさい。その……」

まぶたの裏で弾けた無数の星は、快感の末の幻視だとばかり思っていたのだ。会話の内容を察したサーミラが離れていく。

「星の加護は何千年に一度だ。長老でさえ、思いつきもしなかっただろう」

「……うん」

「この子は、エルフ全体にとっての吉兆だ。どんなことも乗り越えられる。……わたしとおまえで乗り越えさせよう。さぁ、行こう」

背中を押したナイオルの指先がすっと背筋を撫で、ルアンは思わず息を詰めた。あの夜のことを、お互いが思い出す。

「顔が赤い」

こんなときにからかわれ、ルアンはきつく相手を睨(にら)み返した。

「しかし、これはまた難問ですね」

心の底から絞り出したような声で言ったのは、サーミラだ。

樹海の南西にある丘の麓に野営を張り、改めて見上げた丘は、それほど高くない。五分もかからず登りきれるだろう。

問題なのは、頂上に咲いている淡い黄色の花だ。それが難問だと、サーミラは頭を抱えている。

エイダンを抱いたルアンが視線を向けると、ナイオルが小さくうなずいた。

「あれは『月花(つきはな)』だ。新月の夜に開き、満月の夜に散る」

「きれいな色だね。月の色だ」

「だが、エルフが触れると肌が焼ける」

「エルフだけ？」

「そうだ。エルフにとっての猛毒なんだ」

　そこへサーミラが口を挟んだ。

「悪いドワーフが陣を取るはずですよ。彼らにはただの花だ。待っていれば、星のかけらが落ちてくるんだから。星のかけらは宝飾品でもありますが、貴重な薬の元なんです。使い方は妖精によってさまざまだけど、どこへ落ちるかはわからないと言われていて」

「そのひとつが、ここなんだな」

　ナイオルが腕組みをして丘を見上げる。

「満月までは二日。それまでに星が落ちると、次はいつになるか」

「どうしますか」

「悪いドワーフを散らして、別の妖精に頼むのがいいだろうな」

　樹海のそばを離れるときに、すでにひとりの仲間をエルフの村に向かわせていたが、ナイオルはもうひとりにも声をかけた。

「悪いが、後を追ってくれるか。援護が欲しいと伝えてくれ。星読みを頼っていては埒（らち）があかない。悪いドワーフがいるとわかった以上は実力行使だ。先に出た仲間の話を聞けば、向こうの長は事情を察するはずだ。エルフの王からの要請だと、おまえからきちんと伝えてくれ。悪いドワーフを確実に制圧できる数を揃えさせろ。星を取りに行ってくれる妖精も頼むように」

頼まれた仲間は、荷物をさっとまとめて馬の背に飛び乗った。

早駆けが見えなくなるまで見つめていたナイオルは、改めて背筋を伸ばした。

「花の途切れているところがないか、確認してくる。ルアンとエイダンを頼む」

「悪いドワーフに気をつけてください」

留守を預かるサーミラに声をかけられ、ナイオルは手をあげて応えながら丘へ向かった。表側は斜面が急で、馬では登れない。裏側がどうなっているかの確認も兼ねているのだ。

残されたルアンがぼんやりしていると、

「心配しないで」

サーミラがエイダンの髪を撫でながら言った。ルアンは微笑みを返してうなずく。心配は尽きないが、口に出してもしかたがない。

すると、一度は安心した表情になったサーミラが眉根を曇らせた。

「……熱くないですか」

エイダンの額に手を当て、頬に触れる。

「そう思う……？　少し熱が出てきたのかもしれない」

初めは眠たくなったのかと思っていた。でも、それにしては熱い。ナイオルに言いそびれたのは、ルアン自身にも疲れが溜まっていたからだ。

「冷やしましょう。裏の小川から汲んできた水があります。どうぞ、天幕の中へ」

「疲れただけだと思う。ねぇ、エイダン」

声をかけると、ニコニコ笑う。まだ寝転ぶのを嫌がるほど元気だ。

サーミラが水で絞った布を差し出してくる。受け取って、エイダンの額や首の後ろを拭った。

このまま微熱で済んで欲しいと心から願う。でも、それほど単純には叶わないことも気がついていた。

4

エイダンの熱はやっぱり下がらなかった。

「大精霊の気に当てられたんだろう」

持ってきていた熱冷ましを少量だけ飲ませたナイオルが、膝に抱き上げてあやす。布人形の端を握りしめたエイダンの瞳が閉じていくのに時間はかからなかった。息は短く浅い。数日間の強行で子どものからだにも疲れが溜まっているのだ。大人のルアンでさえ、からだが重だるい。

「熱冷ましが効けば、このまま眠るはずだ。もしも熱が上がるようなら、わたしが村まで連れていく。それとも、いますぐ移動するか？」

ルアンの心配を察したナイオルが、決意の滲んだ顔で言った。

もうあたりは暗くなっている。悪いドワーフが徘徊を始めれば危険は増す。樹海のそばを離れるわけにはいかなかった。

それに、ナイオルの早駆けで揺らされるのは酷だ。これで熱が楽になるなら、朝を待った方がいいとルアンは思った。

　伝令に走ったエルフの仲間も、明日の朝には援護を伴って戻ってくる。

「様子を見るよ。星のかけらが落ちるかもしれないし。それを取ってきたら」

「ルアン。おまえが取りに行こうとは思っていないだろうな」

　寝床に寝かせたエイダンに寄り添い、小さなからだを胸に引き寄せていたナイオルが顔をあげる。そばに座り込んだルアンはうつむいて視線を逸らす。

「ダメだ。そんなことは考えないでくれ」

「でも、ハーフエルフなら……」

「無理だ」

　ナイオルははっきりと却下した。でも、ルアンには気遣いに聞こえる。傷を負わせまいとする優しさはわかっていたが、試しもしないであきらめることはできない。

　もしも、エイダンの発熱がゴブリンの印のせいならば、一刻も早く星のかけらを手に入れなければならないはずだ。エルフと同じように肌が焼けるのだとしても、もしかしたら半分ぐらいの傷で済むかもしれない。

　樹海の入り口が開いたように、なにか奇跡が起こるのではないかと思う。そう信じたいだけの楽観だとしても、ルアンはあきらめきれない。

「ルアン。そう都合よく落ちてはこないよ。今夜はきっとだいじょうぶだから、眠ろう」

いまはサーミラが火の番をしている。ナイオルは仮眠を取り、数時間後に交代する予定だ。

「……エイダンと同じように、わたしはおまえが大切なんだ。傷のひとつもつけたくない。……わかってくれ」

「でも、ぼくは」

「そのときは、わたしが行く。傷を負うなら、それは夫であるわたしだ」

真摯（しんし）な眼差（まなざ）しを向けられ、ルアンはじっと見つめ返した。

自分の夫である以前にナイオルは『王』だ。彼が傷つくと知っていて行かせるエルフはいない。

そのときはきっと、サーミラが身代わりを申し出るだろう。そして、傷を負うのだ。

ルアンにもわかりきっていることをナイオルは口にしない。彼らの間ではすでに済んでいる作戦会議の内容が、ルアンに明かされることもないだろう。

今夜でなければ、代わりの妖精も来るのだからと、ルアンは自分に言い聞かせた。心の焦りはまるで晴れなかったが、おとなしく横たわって目を閉じる。

エイダンはふたりの間で、浅い息を繰り返しながら、小さくなって眠っている。

天蓋の隅に吊るした簡易ランプの明かりがちらちらと揺れ、

「……ルアン」

名前を呼びながら差し伸べられるナイオルの手へと、指先を返した。

どれほどうまく隠していても、ナイオルの中の不安がルアンにはわかる。ふたりは夫婦だ。

そして、エイダンの両親でもある。

心の中にあるものは、お互いに、微塵の相違もなく同じだった。互いを愛し、子どもを慈しみ、そして傷を負うならば、それは誰よりもまず自分でかまわないと思っている。

「おやすみ、ナイオル」

できる限りの微笑みを向け、ルアンは目を閉じる。

しかし、どれだけ経っても眠ることはできなかった。寝息を立てるふりをしているうちにナイオルが外へ出ていき、代わりにサーミラが入ってくる。

何度か寝返りを打つ気配がした後、息遣いが深くなった。規則正しいサーミラの寝息につられ、ルアンは浅い眠りへ引き込まれる。指でエイダンの存在を確かめ、小さな手を握りしめた。

幼い子どもの甘い笑い声に胸が締めつけられ、ふいに目覚めて夢と知る。

いつのまにか、ナイオルが戻っていた。眠っている。

簡易ランプが消え、外で焚いている火の影が揺らめく。ルアンは息苦しさを感じて起き上がった。エイダンの髪をそっと揺らして、そのまま外へ出る。火の番をしているサーミラは小さな声で歌っていた。

若いエルフが好んで歌う、恋の歌だ。どこかにいる生涯の伴侶へ向けて、必ず探し出すと誓う内容は独特の哀切を持って響く。

声をかけようとしたルアンはそっと後ずさった。彼もかつては旅に出ていたと聞く。あちこちの村を巡ったが、それと思うような相手は見つけられなかったのだろう。

きっとまた旅に出るはずだ。そうしてエルフはこの世界をくまなく回る。

サーミラの邪魔にならないように天幕に沿って動いたルアンは、両手を空へ突き上げ、背中をぐっと伸ばす。ナイオルには言わなかったが、ルアンも体調不良を感じている。旅の疲れとエイダンの心配が混然として、心が悲鳴をあげているのだ。

親だから耐えようと思い、エイダンのために耐えようと思い、なによりもナイオルを心配させたくないと思う。

あたりは静かだった。樹海の森の気配がひたひたと広がり、すべては安心しきっている。土も草も、石ころのひとつまで。

なのにエイダンは熱を出し苦しむ。生まれてから一度も、自分を加護する精霊に触れていないのだ。

エルフにとっては、命に関わりかねない、大変なことだった。

ルアンは丘へと目を向けた。

月と星の光の中で、丘は淡い黄色に包まれている。

遠くから眺める月花は、とても繊細な色をしていて美しい。それ自体が祭壇のようだ。

甘くとろける蜜のような、月の色に目を細めたルアンは、我が目を疑った。空から一筋の線が伸び、途切れて消えた後、丘の頂上に光の柱が立ったからだ。

目をこすり、何度もまばたきをしたが、確かに光の柱はあった。星のかけらだと直感して、踵を返す。

でも、そこから先には動けなかった。

丘には月花が咲き、エルフは一歩も踏み込めないのだ。

ナイオルが行くと言えば、サーミラが犠牲になる。伴侶を求める彼の歌声を思い出し、ルアンは拳を握りしめた。

もしも火の番をしているサーミラが気づいたら、と思い、次の瞬間には歩き出してしまう。

夜明けが来たら、星のかけらは消えてしまう。そうなれば、次は星読みの結果次第だ。それも確かとは限らない。

エイダンの浅い息遣いを思い出し、ルアンは足を速めた。

傷つけたくないと言ってくれたナイオルを裏切ることになるとわかっていても、このチャンスを逃せなかった。エイダンのためにサーミラを犠牲にはできない。エルフの王であるナイオルはもっとダメだ。

ルアンは月花の毒の恐ろしさを知らなかった。そして、なによりも、苦しむ我が子をこれ以上見ていられなかった。疲労の溜まったからだは、ただひたすら、エイダンの回復だけを望む。

それが、ルアンとナイオルにも平穏をもたらすと信じている。

天幕を離れ、サーミラの目が届かない場所から丘へ向かった。町で生まれ育ったルアンは、夜盗の恐ろしささえ知らないままでナイオルと結婚した。それからはますます平和なオ・ニールでの暮らしだ。

樹海から離れる危険性も知らず、悪いドワーフと出会うことの恐怖も知らなかった。たとえ知っていても、見ないふりをしたに違いない。崖の上にあるスミレの花を母に贈りたいと思い、危険を承知で登ったあの日から、ルアンはすでに向こう見ずな少年だったのだ。

人の性質は変わらない。ハーフエルフとなっても、同じだ。

ルアンは丘を駆け上がった。息が切れたが、胸を押さえて登る。自分のからだはこんなにも頑丈だっただろうかと思い、ルアンはまなじりをきつくした。

急な斜面をときどき這うようにして登っていくと、爽やかな香りが吹き抜ける。それが、目の前に広がる月花の香りだ。

はぁはぁと激しく息をつき、ルアンは野営を振り向く。ところどころに生えた低木が邪魔をしていたが、焚火がチラチラとまたたいて見えている。

意を決し、背を向けた。目の前に広がる月花の群れは、それほどの範囲でもなかった。運よく、泉までの距離が短い場所へ出たのだ。

止まらずに走れば毒に苦しむこともないとルアンは考えた。そう思いたかっただけだ。ハーフエルフの自分には、人にできないことができるはずだと信じたのは、ナイオルに見つけ出してもらえた幸運を知っているからだった。

「できる。やれる。ここを駆け抜けて、星のかけらを持って戻る」

大きく息を吸い込み、自分の胸を叩く。

足が震え、心が萎える気がして、昔、子どものころ、町の男の子たちが度胸試しに飛び下りる岩のことを思い出した。どうせ、ルアンにはできないと散々に言われ、足が震え、涙がこぼれた。

怖かったのか。それとも、悔しかったのか。いまでもわからない。

でも、母親はあきれたような顔をして、腰に両手を当てていた。眉を吊り上げたままで笑い、泣いたルアンの手を、なにも言わずに引いて帰ってくれたのを思い出す。

絵がかぶさるようにして、生まれたばかりのエイダンの泣き顔が浮かんだ。泣いて泣いて大変だった。なにをしても泣き止まなくて、あやしているルアンの方が泣いたぐらいだ。

でも、泣き疲れて眠った寝顔には胸が震えて。

泣きながら、ルアンは笑った。エイダンがかわいくて、愛しくて、小さな命の誕生が心から嬉しかった。

「行こう」

小さくつぶやいて、ルアンはぎゅっと目を閉じた。迷いも不安も振り払って、ハーフエルフであることを信じる。言葉にして信じることが力になると、エイダンを孕んだ日に知ったから、ルアンはただ自分の直感を信じるだけだ。

迷いを捨てて足を踏み出し、一気に駆け抜ける。

踏まれた花はかすかな衝撃にも過敏に反応して飛散した。まるでガラスの花のようだ。腕を交差して、飛び交う粉から顔を守った。それでも、全身が針で刺されるような痛みを感じた。

靴やズボンをつけていても、毒は肌に触れてくる。

もう耐えられないと思った瞬間、足が石につまずいた。

よろめきながら顔をあげた先は、もう泉だ。飛び込むようにして転がり込む。浅い泉の水は星明かりでもわかるほどに澄んでいて、揺らいだ水面に月が滲む。

ルアンはそれを摑んだ。水の中にある、キラキラと輝く月のようなもの。それが、星のかけらだ。

迷うことはなかったが、無我夢中で摑んだ瞬間、手がビリビリと痺れた。石のような手触りのかけらは転げ落ち、見失ったかと怖くなる。背筋がヒヤッと冷たくなり、慌てて、水草の陰を探った。おそるおそる摑み直すと、強い生気が伝わってきて、やはり痺れるような感覚がある。

そっと開くと、白乳色の輝きを持った星のかけらは手の中にあった。

深い息をつき、両手で摑んで胸に引き寄せる。

びしょ濡れになったルアンは、ふたたび月花の上を走る痛みを覚悟しながら立ち上がった。

「そうはいかねぇな」

低くしわがれた声がして、ジャキッと金属の音が続く。

驚いて顔をあげたルアンは後ずさった。しかし、背後からも剣の先端は向けられている。いつのまにか、泉の周りは背の低い男たちに囲まれていた。

筋骨隆々としたからだつきと長く伸ばした髭(ひげ)は、ドワーフの特徴だ。彼らが『悪いドワーフ』であることは一目でわかる。

すさんだ目つきで見据えられ、ルアンは星のかけらを手のひらに握り込んだ。

「……エルフの匂いだ」

男たちの誰かが言った。すんすんと匂いを嗅ぐ音がして、

「本当だな。耳はとがっちゃいねぇが、エルフの匂いだ」

にやりと笑うような嫌な声だ。男たちは、泥で汚れた足を泉につけ、水を跳ねながら近づいてくる。

ルアンを囲む輪が次第に小さくなり、逃げ場は完全になくなった。

腕を摑まれ、星のかけらを奪われまいと両手で握りしめて胸に押し当てる。だが、男たちの目的は別のところにあった。

ルアンと同じぐらいしか背丈のない男たちは、あっという間に、ルアンを担ぎ上げた。

「暴れるな。頭から真っ逆さまだ。エルフが月花の上に落ちたら、死ぬほどイテぇぞ」

言われて息が詰まる。その痛みは経験したばかりだ。簡単に想像ができる。

でも、ルアンは身をよじった。月花の上に転がり落ち、身を突くような痛みに悲鳴をあげる。星のかけらを摑んで離さず、丘の向こうへと声を振り絞って叫んだ。

ナイオルの名前を繰り返し叫ぶ。

「残念だなぁ。そっちは俺たちの住処だ」

荒くれ者の手で足が摑まれる。

「今夜は、星のかけらよりもいいものが見つかった」

手も摑まれ、引き上げられる。

「エルフを犯すなんて滅多にねぇぞ」

その言葉に、ルアンは硬直した。自分の身に迫っている危機がどんなものかを改めて知ったのだ。

嫌だと泣いても無駄だった。声は丘を越えてまでは届かない。

強く握りしめた星のかけらが手のひらに痛かった。

悪いドワーフの住処は、丘の向こうにある洞穴の中だ。入り口の広場で仲間の帰りを迎えたドワーフたちは、担ぎ上げられたルアンを見ると好色な笑みを浮かべた。

怖気立つような嫌悪に身を震わせ、転がり落とされたルアンは土の上にうずくまる。手のひらで握り込んだ星のかけらの感触だけが、正気を保つ心の頼りだった。

「こいつが、エルフの男か」

地響きのような低い声がすると、ルアンを取り囲んだ男たちが一歩退いた。

太い足首が見え、あごを摑み上げられる。

そこにいたのは、ドワーフたちの中でも一際鍛え上げたからだを持つ、ずんぐりとした岩のような男だった。背は低いが、圧倒的な存在感を持っている。集団のリーダーだと一目でわかった。

「……どこから来たんだ。まだ子どもみてぇだが、そんな小せぇからだでよくも月花を渡れたもんだ。おまえ、耳が丸いな。ハーフエルフか」

その言葉に、ドワーフたちがざわめいた。

「おかしら。ハーフエルフってのは、なんです？　エルフのできそこないですか」

ルアンを連れてきたドワーフが答える。

「バカか、おまえは。エルフは耳がとがってる。耳が丸いくせにエルフの匂いがするのはな、元が人間だからだ」

「人間……」

「……まさか」

ドワーフたちの驚きは、またたく間に下卑た好奇心へと変わっていく。

「じゃあ、エルフの伴侶ってことかよ」

「そうだ。確か、エルフの王が人間を妻にしたと聞いたなぁ。それが、おまえか」

目を覗き込まれ、ルアンは大げさに視線を逸らした。その頬をぶたれて、からだが吹っ飛ぶ。

おかしらと呼ばれたドワーフは、ドスドスと足音をさせて近づいてきた。

「まずは俺が一発決めてやる。その後で、おまえたちのやりたいようにしろ」

独特のきつい匂いがして、ルアンは息を飲んだ。服に手がかかり、引きむしられる。

他のドワーフが見ている中で腕を押さえられ、胸へとむしゃぶりつかれたルアンは首を振った。荒々しく興奮した息で肌を撫で回され、からだが恐怖ですくみ、声も出ない。

そのとき、

「うわぁ！」

ドワーフの輪の外から低い悲鳴が響いた。

「興奮するんじゃねぇ！　まずは俺が味見をしてからだ！」

おかしらが怒鳴ったが、悲鳴は引き続き、あちこちで響いた。

「なんの騒ぎだ！」

苛立った声に細い音が重なる。それは澄んだ羽音だった。

「いた、いたいっ。やめろ！　くそ、このピクシーめ！　どこから来やがった！」

おかしらの髪を四方八方から引っ張り、ドワーフたちの上を飛び回っているのは、羽を持った小さなピクシーだ。

「ルアン！　もう、だいじょうぶよ！」

紫色のドレスの夜行性ピクシーたちは、口々に叫ぶ。すでに、広場は大乱闘の騒ぎになっていて、ルアンは必死に左右を見渡した。

ドワーフたちは、自分たちに向かって飛んでくる矢から逃げ惑い、肩をぶつけた仲間とケンカになっている。

エルフの助けが来たのだと、ルアンにもわかった。だが、安心するにはまだ早い。

「おまえ、来い……っ」

ドワーフのおかしらに腕を摑まれ、からだが引きずられる。叩き落とされたピクシーたちが悲鳴をあげた。

ルアンのそばは矢が飛んでこない。それが、ドワーフのおかしらを生き延びさせているのだ。

「い、いや……っ」

ドワーフに従えば、身を汚される。そうなればもう、ナイオルの前には出られない。

エイダンを失うことと同等の恐怖を覚え、ルアンは星のかけらを握りしめた。無駄とわかっていて必死に抵抗したが、からだはあっけなく引きずられるばかりだ。

「ナイオル……っ、ナイオルっ！」

いましかないと思った。声を出すなら、叫ぶなら、いましかない。

そして、信じていた。

声は必ず届くと。

「……ルアンッ！」

心から望んだ声が聞こえ、幻聴かと思う間もなく、ドワーフのからだが傾いだ。得意の弓ではなく、短刀を構えたナイオルが、ルアンとドワーフの間を阻む。ひとつに結んだ白銀色の長い髪が美しく波立った。

「号令を出して、一同を洞窟へ退かせろ」

ナイオルの声が凛と響く。しかし、ドワーフは低く唸るように怒鳴り返してきた。

「なにを……っ！」

「全滅させてやってもいい。それが、望みなら……」

ナイオルが一歩詰め寄る。

「……ぐっ」

押し黙ったドワーフは、悔しげに顔を歪めた。

「ここを奪うつもりか」

「いや、それは望まない。望みは彼が持っている星のかけらだけだ。一粒でいい。泉の所有権は、いままで通り、おまえたちのものだ」

「……いいだろう」

ドワーフが後ずさりながら指笛を吹く。一斉に振り返った仲間たちは、手で送られた合図を見て、あっという間に洞窟へ逃げ込んだ。リーダーは、ジリジリと後ずさっていく。

ナイオルのそばには、女性エルフたちが集まり、援護のための矢を構えた。

馬が駆けて寄ってくると、ナイオルはその場から退き、ルアンを押し上げ、自分も飛び乗った。馬上でしっかりと抱き寄せられ、ルアンは手の中のかけらをいっそう強く握りしめる。

馬が走り出し、やがて、同じように馬に乗ったエルフの仲間たちに囲まれる。よく見ると、どの顔にも見覚えがあった。オ・ニールの村の仲間たちだ。

丘の麓をぐるりと回って野営に戻る。数人のエルフに囲まれ、褐色の肌をしたケンタウロスの頭がひとつ分飛び出ている。巻き毛のフィキラだ。そばには、エイダンを抱いたサーミラが見えた。

「おまえを叱るのは後だ。ルアン」

馬を止めたナイオルに抱き下ろされ、ルアンは手のひらを開く。半裸になっていた上半身に布が巻かれる。

ルアンの手のひらには、星のかけらが乗っていた。白乳色にも銀色にも甘い月の色にも見える、小さな石だ。

あまりに強く握りしめたせいで、ルアンの手のひらには血が滲んでいた。でも、痛みは感じない。まだ、神経の隅々までもが緊張しているのだ。

「ルアン。エイダンを連れて、私の背に乗れ」

フィキラがやってくる。サーミラに抱かれたエイダンの息は浅く、触れると燃えるように熱かった。すぐにナイオルとサーミラの手によって、ルアンのからだに結びつけられる。

「フィキラは、星の加護の可能性に気づいて後を追ってくれたんだ。ケンタウロスの足なら、こちら側からも登れる」

ナイオルが言うと、どこからともなく戻ったピクシーたちが羽音を静かに鳴らした。

「星のかけらの光が消える前に」

「あの泉に戻って、エイダンを浸すのよ」

ピクシーたちはまなじりをきりりっと引き上げる。夜明けが近いことに気づいたルアンも表情を引き締めてうなずいた。

馬を使うナイオルは丘の反対側からしか登れないのだ。それには時間がかかる。

「フィキラ、ありがとう」

「ルアンひとりしか乗せていくことはできない。いいな」

「うん、だいじょうぶだよ。ありがとう。……ナイオル」

振り向いたルアンは、身勝手なことをしたと謝りたい気持ちを抑え込んだ。たとえ許されない暴走だったとしても、そうしたいと思った気持ちは否定されたくなかった。

ハーフエルフにも、エルフが知らない力があるのだ。守られるばかりではなく、信じたことを実現する力がある。

「わかっているよ、ルアン。エイダンを頼んだ」

涙の乾ききった頬にナイオルの指が触れ、フィキラの背に押し上げられる。

夜明けが近づく中、ルアンはふたたび丘の頂上へと向かった。

馬の登れない丘も、フィキラはうまくジグザグに道を取って登っていく。月花の中を歩くときもいつも通りだ。痛くないのかと聞いても、まったく痛くないと言う。

泉のそばで丘の麓を見下ろすと、野営の天幕がはっきりと見えた。ナイオルがどこにいるのかはわからなかったが、きっと一番前で見上げているはずだとルアンは思う。

フィキラの背中から下りて、エイダンを結びつけている布の結び目をほどく。ぐったりとしたからだに巻きつく布を取ると、幼児のからだは全裸だった。それでも発散できない熱が肌を火照らせている。

身につけているものを外すようにフィキラから言われ、ルアンはすべてを取り去った。浅い息を繰り返すばかりで意識のないエイダンを裸の胸に抱き上げ、泉の中へ足を浸す。

さっきは気づかなかった冷たさに肌がぴりっと痛んだが、やがて感覚は鈍くなった。

儀式のやり方は、丘を登りながら聞いた。

それに従い、澄んだ泉の真ん中でしゃがみながら、エイダンをそっと浸した。立てた膝でエイダンのからだを支える。それから、星のかけらを握った手でエイダンの手を取り、胸の上に置く。自分の手も重ねながら、星のかけらをエイダンの手と胸の間に押し込んだ。

すると、エイダンの手のひらの中で、星のかけらが淡く発光し始める。なんとも言えない優しい光が指の間から洩れて、空へと一直線に伸びていく。

山の向こうから、夜明けの紫が帯のように見え始めている。空にかかった星たちは今夜最後の輝きを放ち、やがて、燃えるようだったエイダンの熱が下がり出した。

浅い息も深くなり、びっしりと生えたまつ毛が震える。薄く開いた目がルアンを見つめた。エイダンは、手にした星のかけらを自分で口元へと運んだ。小さな舌が、砂糖でも舐めるように星のかけらを舐めた。

「エイダン……」

ルアンは優しく呼びかける。泉の水を手に取り、額に残された、まがまがしい印を拭う。

風もないのに月花が揺れ、ガラス同士がぶつかるような細く繊細な音が響いた。泉を取り巻く月花が一斉に枯れ始めたのだ。

あっという間の出来事を、ルアンは目にしなかった。それよりも大事なのは、エイダンの額に刻まれていた印が薄くなり、やがて跡形もなくなったことの方だ。

「あぁ……エイダン。エイダン……」

名前を呼ぶことしか、もうできない。失うことを恐れた命は繋ぎ止められたのだ。

ルアンは泣きながら、エイダンを泉から引き上げた。

疲れきってうとうととしながらも、手にした星のかけらを舐め続けている。

布で包み、水気を拭う。抱くには重くなったからだを引き寄せた。ルアンのからだが小刻みに震え、もう、動けなくなる。どれぐらい泣いていたのかはわからない。全裸のからだに布をかけてくれたフィキラが見守る中で泣き続け、気づいたときには、丘を登ってきたナイオルに抱き寄せられていた。

「ナイオル……ッ」

愛する男の胸に濡れた頬を押し当て、ルアンは言葉にならない喜びを爆発させた。

「これでいい。……ルアン、これでもう……」

ナイオルの声も震え、ふたりはひしと抱き合う。その腕の中には最愛の息子がいる。

眠たそうな目をぼんやりと開き、エイダンはにこりと笑う。

「るーぁ……ん」

甘く愛らしい声が、夫婦のちょうど真ん中から聞こえる。

ナイオルとルアンは顔を見合わせ、お互いに満面の笑みを交わし合う。

ルアンの名前。それが、エイダンの初めて話した言葉だった。

＊＊＊

夜明けとともに、加勢に来てくれたエルフの村へ移動し、眠る前に湯浴(ゆあ)みをした。からだは泉に浸したおかげできれいになっていたが、土の上を引き回された髪はひどいありさまだった。

髪を洗って、からだももう一度清めた。悪いドワーフに犯されそうになった恐怖を思い出すとからだは震えたが、なにごともなくてよかったと思う。

居室へ戻り、ナイオルと交代する。疲れて眠ったエイダンの寝顔は穏やかで、無理をした後悔が苦く胸に押し寄せる。結果だけがすべてだが、そう言い切れないのはルアンの性格だ。

やがてナイオルも身を清めて戻った。

「ルアン。月花の毒に当たっただろう。具合を見よう」

「足に傷があるぐらいだったよ」

「あの花の粉は、布の網目を通るほど小さいんだ。見せて」

長椅子(ながいす)に呼ばれ、清潔な寝間着に着替えたルアンは素直に近づいた。幅広のズボンを引き上げて座ると、ナイオルに足首を引き寄せられる。痛みはないが、バランスを崩しかけた。

とっさにナイオルの腕を掴む。近くから見た表情は、苦々しく歪んでいた。

「かわいそうに……。こんなになって。痛かっただろう」

膝から下は、ピンクのまだら模様になっていた。軽度のやけどのようで、ピリピリと痛む。

「薬を塗っておこう。痛みが少しは収まるはずだ」

「本当？　よかった……」

ルアンが言うと、ナイオルは痛ましそうに眉をひそめる。

「……そんなに、痛くないよ。本当に」

「だと、いいが……な」

信じていない声で言われ、ルアンはバツの悪さにうつむく。

塗り薬を丁寧に塗ってくれるナイオルの指先を眺めていると、遠い昔の記憶が甦ってきた。

忘れていた遠い記憶にルアンは小さく笑う。ナイオルが怪訝そうに顔をあげた。

「あのね……。思い出したよ。こうやって、塗ってくれたよね。スミレの花の崖で出会ったとき……」

「あのときの傷はもっと小さかった」

ナイオルも笑みをこぼす。

「どうして好きになってくれたの」

傷に触れる指先の優しさに胸を打たれ、ルアンは聞いた。ナイオルの返事は簡単だ。

「それが運命だった」

一言で終わってしまう。照れ隠しだと気づいたルアンは、そっと顔を覗き込む。

「教えて。本当は、どんなことを考えたの？」

「泣いていたおまえの涙がきれいで……、人の子の涙はこんなにもきれいなのかと興味を持った。……でも、おまえだけだった。宝石みたいに思えたのは」

「……嬉しいよ、ナイオル」

「でも、本当を言えば、町のはずれへ送ってやったときの笑顔でもあるんだ」

ぼそりと言われ、指先が頬を撫でた。あご先を指ですっと持ち上げられる。

「おまえはなにからなにまで愛らしくて……、恋だと気づいたのは数ヶ月経ってからだった」

「そう、なんだ……」

くちびるが近づいてきて、短いキスを交わす。

「おまえが向こう見ずだということを忘れていた」

ナイオルが笑う。やはり、あの崖のスミレも、相当に無謀なことだったのだ。

「言えば、止めたでしょう」

「当たり前だ。もしものことがあったらどうするつもりだった」

きつい口調で言われ、ルアンはうつむく。くちびるを噛んだ。

「……それはないと思った」

「思っただけでは……、ルアン」

「人にも第六感はあるよ。サーミラも言ってたじゃないか。ハーフエルフは、人とエルフのいいところを持ってるって。……母をね、思い出したんだ。優しく見つめてくれるイメージがずっと頭の中にあった。だからできると思った」

「そうか」

ふっと微笑んだナイオルは否定せずにうなずいてくれる。

「おまえの母に感謝するよ。この子が元気になったら会いに行こう」

「うん、そう言ってくれてうれしいよ」

湯浴みで濡れたナイオルの髪に触れ、ぐいと引っ張る。

「もう、怒ってない……？」

「元から怒ってなんていない。ただ少しさびしかったんだ。わたしに話せば反対すると思ったんだろう？　そのせいで、おまえを失う結果になるのかもしれないと、そんなことも考えた」

「ごめんなさい」

「謝るな。違うんだ」

ルアンの両足を自分の膝に乗せたナイオルの手が、背中に回る。

「……きっと、謝るのはわたしの方だ」

「どうして」

「信じることの圧倒的な強さを忘れていた。いまの、この瞬間までだ。……できると信じたおまえのことまで否定しようとした。許してくれ」

「そんな、の……。ナイオル……ねぇ……」

うつむいてしまったナイオルの髪を軽く引っ張り、顔を覗き込む。深い後悔に沈んだ瞳で見つめ返され、ルアンの胸は甘くときめいた。

こんなときでさえ、ナイオルの凜々しさは、ルアンの心のすべてを摑んで離さない。

「ルアン。約束してくれないか」

眉をひそめたナイオルが顔をあげる。

「これから先、おまえが信じることなら、わたしも必ず信じる。だから、決して、ひとりで行わないでくれ」

「……でも、ナイオルは、ぼくやエイダンを守って傷つく。それは、ぼくだって」

「ルアン。言い争ったっていい。ふたりで決めよう。どちらが肉体的に傷ついても、わたしたちの胸には同じ痛みがある。そうだろう」

手を握られ、頬と頬が触れ合う。ルアンは身をよじり、ナイオルのくちびるを追った。

「ぼくは、ナイオルを傷つけたんだね」

「……そうじゃない」

くちびる同士が触れ合い、キスはかすめるだけで終わる。でも、瞳は熱く見つめ合った。

視線が絡まり、お互いが相手に見入る。

「おまえの負った痛みを、少しでも感じたいんだ。……おまえに、ひとりでないと知って欲しい」

「……うん」

もう一度、くちびるが触れ合い、どちらからともなく舌先を伸ばす。甘い水音が響き、部屋に置かれたベッドで眠っているエイダンのことを思い出した。

「ナイオル、今日は……ダメ」

「少しだけ」

上着の裾（すそ）から忍び入る手を、布地の上から押さえて見据える。

「足が痛いんだ」

ルアンのその一言で、ナイオルはぐっと押し黙った。無理強いをあきらめ、ぎゅっと腕を巻きつけてくる。

「キスだけ……」

耳もとでささやかれ、ルアンのからだは大きく震えた。口先とは裏腹な欲望を悟られても、愛し合う者同士なのだから当然だとルアンは開き直った。

ナイオルの背中に腕を回して、熱いくちづけを受けるためにしがみついた。

5

「るーあん！　るーあん！　わっ……」

草の上を駆け回るエイダンの声が途切れ、薬草を摘んでいたルアンは驚いて顔をあげた。

足をもつれさせたエイダンは、転んだ衝撃でぐるんと前回りをした。ちょんと座った姿勢になり、本人はなにが起こったのかわかっていない顔で目を丸くする。

「だいじょうぶ？　どこも痛くない？」

あどけない表情を笑いながら近づくと、澄んだ瞳がじっと見上げてくる。

「どちたの？」

「ころんだときに、前に回ったんだよ」

説明してやると、すくりと立ち上がる。エイダンの頭上では、ピクシーたちが飛び回っていた。

面白がったり、心配したり、ドレスの色のようにさまざまな反応だ。その中で、エイダンは両手を草の上についた。果敢な挑戦だったが、前転は不格好に崩れる。

「こうするのよ！」

「こうよ、こう」

「頭は引っ込めて！」

頭上や草の上で騒ぐピクシーの声を聞き分けているのか、エイダンはこくんとうなずいてまた挑んだ。今度も崩れてしまったが、けらけらっと笑う。

「もっかい、しゅる」

すっくと立ち上がり、膝の草を払う。身のこなしはナイオルに似て機敏だ。そして、今度の挑戦はうまくいった。

「やったぁ！　やった！　るぅあん、みた？　みた？」

「見てたよ。じょうずにできたね」

両手をあげて飛びついてくるからだは、どこもかしこも健康そのものだ。抱き止めたルアンは、ふさふさとした亜麻色の髪に指を埋める。

エイダンの背丈はルアンの腰のあたりまで伸び、手足も長くてバランスがいい。

この半月で、言葉は急速に発達して、発音はまだたどたどしいが、大人の言うことは理解できているから意思の疎通は問題なくできる。

「もっと、しゅる」

「『する』ね」

走り出す寸前の手を引き止め、振り向いた鼻先をちょんと押す。

「もっと……する」

「そう。上手に言えました。あんまりぐるぐるしてると、目が回るよ。適度に留めてね」

ピクシーたちに頼むと、甲高い声が「はぁい」と合唱した。それを聞いたエイダンも「はぁーい」と繰り返す。

ルアンは薬草畑へ戻り、エイダンのはしゃぐ声を聞きながら用事を済ませた。様子をうかがうたびに前転をしたり、ピクシーを追いかけたりしていたエイダンの声が途切れ、ルアンは仕事を一段落させて畑を出た。

「ルアン。エイダンが眠っちゃったわ」

「ごめんなさいね。また、遊びすぎちゃった」

ピクシーたちが飛んでくる。

「いいんだよ、いつも子守をありがとう」

答えながらエイダンへ近づき、力尽きて眠っているからだを抱き上げる。体重も立派なものだ。まだ運べるけど、と思いながら、ルアンは敷き布の上にエイダンを寝かせた。

汗でびっしょり濡れた前髪を指で分け、額を布で拭ってやる。

ぴくっとからだが揺れたが、仰向けになったまま、手足をぐんと伸ばした姿勢は変わらない。

夜泣きはしなくなり、夜もぐっすりと眠る。朝は日が昇る前に起き出して、夜行性のピクシー相手におしゃべりをしたり、簡単な石並べのゲームをしているようだった。なんとも手のかからない子供になってしまったのが、少しだけさびしい親心で、ルアンはエイダンをそっと撫でる。

しばらく休憩をしてから、ふたたびピクシーたちに声をかけ、残りの用事を終わらせた。片づけをしていると、短い昼寝を終えたエイダンがあくびをしながら起き上がり、

「おなか、すきましたねぇ」

と、大人の口調を真似(まね)して言う。

「それじゃあ、帰りましょうか。布をたたんでください」

ルアンが答えると、エイダンは敷き布から下りる。いつものようにピクシーたちと布をたたみ、コップやボトルと一緒にかごへ押し込んだ。

「できまちた」

「はい、できました」

さりげなく言葉を直す。エイダンはもごもごと言い直して、にこりと笑う。

オ・ニールの村にも平穏が戻っている。

エイダンを加護する精霊がわかり、星のかけらを手に入れたからだ。ナイオルの力がすべて村の守護へ向き、長老たちが儀式をする必要もなくなった。

「帰ったら、湯浴みをしないといけないね。どこもかしこも、草だらけだ」

手を繋いでいない方の手で、髪にもぐり込んだ草を摘まんで取り、ルアンはふっと息を吹きかけて飛ばした。

「ないお、帰ってくる？」

ナイオルのことだ。朝からフィキラに誘われて狩りに出かけた。

「お日様が眠るまでには帰ってくるから。エイダンはきれいにして待とうね」

「るぅあんも、きれいきれいね」

言葉のつたなさを少し心配に思いながら、それさえもすぐに懐かしさに変わっていくのだとルアンは考えた。

エイダンの成長は止まらない。それは嬉しいことだ。

だから、子どもの一日一日はとても愛おしい。

「そうだね。ぼくもきれいにしないとね」

足元には土がついている。作業中に拭った顔にも泥がついていた。

「洗ってあげるね」

「ありがとう」

笑い合いながら家路をたどる途中にも仲間のエルフから声をかけられ、そのたびにエイダンは世間話に忙しい。ときどきは仲間に入るが、ルアンは基本的に見守っている。親の自分はどうしても簡単な言葉でエイダンと会話してしまうからだ。さまざまな世代と話すことで、エイダンは言葉を知り、表現を覚える。

ようやく家にたどりつき、家事を手伝ってくれているエルフが用意してくれた湯を使って、互いのからだを洗った。

先にエイダンのからだを拭いてやり、完全に乾くまでは裸でいさせる。その間に、ルアンの着替えだ。最後に着たズボンの腰紐を結んでいると、足元に座ったエイダンがぴらっと裾をめくった。

「るぅあん、いたいの？」

「もう、痛みはないよ」

月花の毒に当たった場所はやけどのような症状になり、もう痛みはないのだが、皮膚が引きつれたようになってしまっている。

「いたそう」

首から星のかけらをぶらさげているエイダンは、まるで肌の汚れを取るようにルアンの足をさすった。子どもの考えることがかわいくて、ルアンは笑う。くすぐったさに身を引き、

「これは取れないんだよ。ケガをした痕だから」

エイダンの腕を掴んだ。

「どちて？　とれたよ？」

「まだ汚れてた？」

ズボンの裾を引き上げると、エイダンはまた肌をさすった。

「ほら、とれた。くしゃくしゃ、ないよ？」

自分の足を見たルアンは言葉を失う。確かにそこには、ひどいやけどを負った痕のような、皮膚の引きつれがあったはずなのだ。

なのに、エイダンが触れた場所だけがつるりと美しい。

「とれるんだねぇ」

ニコニコと笑うエイダンは、それが面白くなったのだろう。今度は両手を使って、ルアンのふくらはぎを撫で下ろした。肌の引きつれはすこしずつ薄くなり、まるで手でシワを伸ばしたように消えていく。

「エイダン……、どうやって」

　左足が終わると、今度は右足だ。驚いたルアンがふらふらっと座り込んでも、エイダンは気にせず続ける。

「星の、ちから？」

　考えてみたが、答えはわからない。こんなことは、誰からも聞かなかった。星の加護を持つエルフ自体が伝承のような存在だ。誰も知らないことが起こってもおかしくない。

「とうろうが、いってた。えるふの、いちばんたいせつなのは、しんじること」

　とうろうとは、長老のことだ。

「もう、いたくなぁい？」

　一生懸命に足をさすってくれたエイダンが、心配そうに小首を傾げた。柔らかな髪がふわっと揺れる。

「……エイダン。ありがとう。痛くない」

　ルアンは自分の胸元を握りしめた。足の傷を見るたびに、ほんのわずかにつらそうな顔をしていたナイオルを思い出す。

　口には出さない苦しみにはかける言葉もなくて、知らないふりをするルアンの胸はいつも痛んだ。

泣き出すのをこらえていると、浴室のドアを叩く音がした。

中をうかがう声はナイオルだ。

エイダンがドアへと駆け寄り、ルアンは息を吸い込むのと同時に溢れてくる涙を止められなくなる。

「いつまで待っても出てこないから。わたしも、汗を……ルアン？」

招き入れられたナイオルが大股に近づいてきた。腰をおろしたルアンの顔へと手を伸ばす。

濡れた頬に触れられて、ルアンはその手をしっかりと摑んだ。

「え、いだ……っ、あしっ……」

しゃくりあげた言葉は、エイダンの言葉よりもつたない。

ふいに振り向いたナイオルは、息子に異変のないことを確かめ、今度はおそるおそるルアンの足を見た。

「これ、は……」

息を吐くようにつぶやいたナイオルの手が、ルアンの足を撫でた。

「ないお。ぼくがしたの。きれいきれいした」

ニコニコ笑うエイダンが、褒めてもらおうと満面の笑みでやってくる。

「るぅあん。どうして、ないてゆの?」

首を傾げるエイダンの髪に、ナイオルが指を潜らせる。もう片方の手がルアンを引き寄せた。

「嬉しいからだよ、エイダン。嬉しいからだ」

ふたりを膝の上に抱き上げて、ナイオルは天井を仰いだ。エイダンは息苦しそうに身をよじらせ、

「おなか、すきましたよー。ごはんのじかんじゃないかなぁ」

這うように逃げていく。

残ったルアンの頰を包んだナイオルは、額同士をこすり合わせるようにした。その瞳にも涙を見つけ、ルアンは笑いながら手を返す。

「エルフのいちばん大切なことは、信じることだって。エイダンが教えてくれたよ」

涙で震える声を隠そうとは思わない。ナイオルのくちびるにキスをして、あれほどの危機にあった息子の成長を甘く分かち合う。

廊下の向こうで、ルアンを呼ぶエイダンの声がした。

＊＊＊

そよ風が香る午後の木陰で、エイダンにせがまれたナイオルが小型のハープを弾いている。その調べは風に乗り、森全体に広がっていくようだった。

ピクシーたちも羽音をひそめて、木の枝や石の上に座り、うっとりと耳を傾けている。

ナイオルの手元を見つめるエイダンの横顔を見ているだけで涙が込みあげてきて、ルアンは静かにその場を離れた。

小川のそばにしゃがむと、一緒に過ごしていたフィキラが近づいてくる。エイダンのために、子ども用の弓を調達してきてくれたのだ。

もちろんオ・ニールの村にも職人はいる。その職人直々に、西方にある村の弓職人が作るものを薦められた。子どものエルフが多い村なのだ。

「次はハープを調達してこなければならないだろうね」

「よろしくお願いします」

立ち上がったルアンが笑いかけると、短い巻き毛のフィキラは誇らしそうに胸をそらし、

「もちろんだ。エイダンは大事な親友たちの子だからな」

「ぼくもですか」

「そうだ。いままでだって、そう思ってきたよ。だが、独占欲の強いエルフの目があっただろう」

ふざけて笑う。

「そんなこと言われたら、泣いてしまいます。最近、本当に涙もろくて、泣いてばっかりだ」

言われてみればそうだが、エイダンが笑っただけでも泣けて、それを見たナイオルが微笑んだだけでも泣けるのだ。

「悲しくて流す涙じゃないだろう。いいじゃないか」

そう言うと、フィキラは胸の前で腕を組んだ。

褐色の肌と下半身の毛並みは、今日も艶(つや)やかで美しい。

「……子育てに夢中になりすぎてるからだ」

ぼそりと言われ、ルアンは小首を傾げる。

「夫を放っておくのは、人の母親の悪いところだ。さびしがり屋は、妻と子ばかりではない」

「……あ、あぁ」

言われたことの意味を悟り、ルアンは視線をさまよわせる。

「ナイオルは、わかってくれてます」

そう言ったのは、うまくいっていると主張したかったからだ。

「そうか。それなら出すぎた発言だった」

謝りながらも、フィキラはすべてを見透かしている。

バツの悪さを感じたルアンは幸せそうな父親と息子を振り返り、淡い息をついた。考えないようにしているだけだ。本当は、こうして眺めていてさえも、自分の夫の凛々しさに胸が震え、交わるときの悦(よろこ)びが身の内に甦る。

胸の奥に灯(とも)った、肉欲の淡い誘惑を、ルアンはそっと隠した。


子どもが生まれてからは、気分や雰囲気が盛り上がったからといって、すぐに服を脱げるわけではなくなった。いままでのように泉へ出かけ、生まれたままの姿を恥じらうこともない。

いつでもどこでも、ふたりが一番に気遣うのは小さなエイダンだ。そして、ふっと伴侶を見る。

それだけで幸福だとルアンは思う。でも、それとは違うさびしさと恋しさがあるのも事実だ。

エイダンを寝かしつけたまま眠ってしまっていたルアンは、髪を引っ張られて目を覚ます。夜行性のピクシーがリリンと羽を鳴らした。

「寝ていたわよ」

「起こしてくれて、ありがとう」

目をこすりながら言うと、なおも髪を引っ張られる。

「ねぇ、今夜ぐらいは、ナイオルのところへ行ったら?」

「そうよ。もうゴブリンも来ないわ」

「窓を閉めておけばいいんだし」

「私たちが見ているから」

急かすような羽音に追い立てられ、ルアンは言われるままに窓を閉めて鍵(かぎ)をかける。

「でも……」

ゴブリンの心配がないことはわかっている。村を守護する力は元の通りだ。

「夫婦でしょう!」

「気にしない顔をしていてもね、ナイオルは待ってるのよ」

「そうそう！」

辛辣（しんらつ）なはずの夜行性ピクシーが、今日はずいぶんと優しい。それはつまり、ナイオルの物思いが目に余るということでもある。

「それじゃあ、話をしてくるから……よろしくね」

さすがに本当の理由は口にできない。でも、ピクシーたちにとって、ルアンの羞恥（しゅうち）など問題ではなかった。

「はい、はーい」

からかうでもなく軽く流され、ルアンは拍子抜けしながら廊下へ出た。

ナイオルがいる書斎の戸を叩くと、中から声が返る。そっと開いて、顔を見せた。

「いいかな？」

「もちろんだとも」

手にしていた葡萄酒（ぶどうしゅ）のグラスを机の端に置いて立ち上がる。その視線がルアンの腰元をさまよった。

ナイオルの勘違いに気づき、ルアンは書斎の中へ入る。後ろ手に戸を閉めた。

なかなか寝つけないエイダンの気分を変えるため、夜の散歩に誘いにきたと思ったのだろう。

「エイダンはもう寝たよ。ピクシーたちが見てくれてる。……いけなかったかな」

「そんなことはない。任せておけば安心だ。もうゴブリンの心配もない。こっちへおいで。

……葡萄酒は？」

「ちょっとだけ、ね」

ルアンは葡萄酒に弱い。

「酔っぱらってしまいたくないから」

グラスを受け取りながら言うと、ナイオルの手が腰に伸びてくる。

「話をしにきただけ？　それとも」

結論を急ぐナイオルの目にはもう欲情が芽吹いている。

「……キスと、その先と……両方」

ルアンはうつむきながら葡萄酒を一口飲んだ。グラスを胸に引き寄せ、ナイオルの腕の中に身を寄せる。

「わたしから誘うべきだったかな」

グラスを引き受けたナイオルは、それを机へ戻した。あご先がすくい上げられ、柔らかく優しいキスがくちびるへ落ちる。

「待たせたのは、ぼくだから……」

「待ちたかったんだ」

「……口説かれたくて？」

微笑んだルアンは、ナイオルのくちびるをなぞった。その指を摑まれ、指先にキスされる。窓辺に置かれた長椅子の上に誘われた。

「きれいだ、ルアン。おまえはもう、出会った頃とまるで違う」

ルアンが口説くよりも先に愛をささやいてしまうナイオルは、そのことにまるで気がついていない。

おかしくなったルアンは笑いながら身を屈めた。座っているナイオルの長い髪を撫で下ろし、指先で梳く。

「ナイオルもきれいだ。求婚してくれたときと少しも変わらない。でも……、あの頃よりも、眩しく思えるよ。……だって、全然違うから。こんなに好きだから」

手を摑んで、自分の胸に押し当てる。激しくなっている胸の鼓動を聞かせ、まっすぐに見つめた。

「ナイオルと子どもを作れて、本当によかった」

その場に膝をつき、ナイオルの足の間に入る。引きしまったふとももに、ズボンの上から頬を押し当て、うっとりと見上げる。

　顔を撫でてくるナイオルの指を口に含み、そっと舌を絡める。ぞくっと震えたのがわかり、ルアンは嬉しくなった。

「これからもナイオルと一緒に、エイダンの成長を見守りたい……。それから」

　ナイオルのズボンの紐を解き、下着ごとずらす。すでに大きく張り詰めていたものが飛び出してきて、驚いたルアンのくちびるに跳ねた。

「……すまない」

　苦笑したナイオルが自身を掴む。目を丸くしたルアンはまばたきを繰り返した。

　笑ってしまいながら、ナイオルを見上げる。

「それは、なにに対して？」

「驚かせたことと……愛のささやきの邪魔をしたことだ。続けてくれないか」

　ぐんと伸び上がったものを隠そうとするナイオルの指ごと舐め、ルアンは上目遣いに見た。

「それからね、ナイオル。ふたりだけで、夫婦の愛を、見ていたい……。もっと深いところまで」

　ナイオルの指がゆるくなり、ルアンは隙間(すきま)から舌先を忍ばせる。熱く火照ったものを舐め、脈打つ根元をふたりで押さえた。先端から口に含んだが、大きくて無理だ。

段差をくちびるで愛撫するのが精一杯で、やがて飲み込めない唾液が溢れ、いやらしい水音がする。

「……ルアン。愛したい」

くちびるから先端を引き抜かれ、伝い落ちた唾液を指先で拭われる。ぼんやりとした目で見つめたルアンは、自分の中で目覚めている欲情に逆らわず、その場で服を脱いだ。

指先に誘われて膝にまたがると、温かいナイオルの指が胸に這った。

「あっ……ん」

肌をさすられ、すでにぷくりと立ち上がっている突起を揺らされる。

「んんっ」

じんわりとした快感に、からだは素直だ。ナイオルの腰を愛撫していたときから立ち上がっていた場所は、もう先端に滴を溢れさせ、ナイオルの手で揉まれて疼く。

「あぁ、ナイオル……っ」

身を屈めたナイオルの舌先が、胸の突起を舐め、いやらしくこねまわす。もてあそばれて募る熱に身を揉むと、摑み揉まれていたヒップの肉の間に指が伸びた。

「あっ……ふっ……ぅ」

濡れた指先が潜り込み、何度か出入りした後で、深く突き刺さっていく。

「あぁ、あぁっ……」

背中を震わせたルアンは身をよじらせながらナイオルの頭を抱き寄せる。くちびるや舌が鎖骨をたどり、敏感な首筋を伝う。

「んんっ、んっ。あぁ……やっ」

指はもう根元まで押し込まれている。太い指がずくずくと道をつけ、こすられるたびにルアンは浅い息を繰り返した。

「指で達してしまいそうか？」

熱っぽい声に尋ねられ、こくこくとうなずく。自分の指を曲げてくちびるに押し当て、軽く歯を立てた。

「……ッ、ナイオル……。奥が、疼く、から……っ、もう、挿入して……」

指を食んだ腰が揺れてしまい、恥ずかしさでどうにかなってしまいそうだ。でも、これが快感の入り口に過ぎないことも知っている。

「ルアン、膝を立てて、腰を落としてくれ」

「あ、いや……ぁ……」

いつも愛される一方のルアンは、自分からあてがったり、腰を落としたりしたことがなかった。だから、ナイオルの誘導に従って片足を立てるだけで恥ずかしい。

その上に、さらに自分の指で先端の位置を合わせるように頼まれ、泣き出しそうになった。

「いい子だ、ルアン。腰を落として、そのまま……」

「あぁ、むり……。いや、やだ……ぁ」

長椅子に浅く座ったナイオルに腰を摑まれ、引き下ろされる。先端がぐっと押し当たった。

「ナイオル。入らない……入らないから」

そう訴えたのに、ナイオルは聞かなかった。ふたりの間に唾液を足すと、自分のものを支える。そして、ゆっくりと道を開き始めた。

「うっ……く」

背筋に痺れが走るような一瞬に、ルアンは長椅子の背を摑んだ。こんなにはっきりと、入ってくるナイオルを感じたのは初めてだった。

「あぁ……ルアン。入っていく」

「言わない、で……」

ふるふると首を振ったが、欲情は止まらない。ふたりの間にあるルアンの昂ぶりは萎えもせず、ナイオルの肌になまめかしい涙の線を引く。

ナイオルに引き寄せられて沈み、こすれ合う快感に怯えたルアンは腰を引く。そしてまた引き寄せられ、ふたりは少しずつ距離を詰める。

乱れた互いの息が絡み合い、いつのまにか、深くくちづけながら舌先を絡めていた。

「んぁ……」

「ルアン……っ」

「おく、深、い……」

口に出すと、腰の奥深くに収まったナイオルの先端が内部を打つ。

「……ぁん……っ」

「気持ちいいよ、ルアン。包まれて、もう溶けていきそうだ」

「ん……。ぼく、も……」

そう答えると、ナイオルはほんのわずかに腰を動かした。それだけで、ルアンは背をそらすほどに感じてしまう。

「あっ、あっ……」

「ダメだ。たまらない。もう……」

ルアンのすぼまりに包まれているナイオルは、快感に迫られ、顔を歪めた。動かした腰を止めることはもう無理なのだろう。

快感を追う動きに翻弄され、ルアンはナイオルの腕にしがみつく。

「んっ、んっ……あぁん、っ……」

奥をこすられるのは苦しい。でもそれは同時に、背徳を感じるほどの快感になった。こんなに淫らに欲しがるからだを、ナイオルに望まれているかと思うと、ルアンの腰もひくつくように揺らめいた。

「も、っと……、もっと、して……。ナイオルの……。あぁ、きもちいいっ……」

うわごとのようにナイオルの耳元でささやき、ルアンは夢中になって腰を振る。その動きに煽られたナイオルもまた、激しく腰を揺らす。

ふたりの繋がった場所から卑猥な水音が響いたが、それを消すほどにふたりの息遣いは荒く激しかった。

「ルアン……っ」

「……あぁっ、ナイオル……。来てっ……欲しっ……」

腰を抱かれ、強く突き上げられる。ルアンはひときわ大きく声をあげ、のけぞった。ガクガクと全身が震え、ナイオルに抱き止められる。

「……ルアッ……くっ……」

滑り落ちそうになるルアンのからだを引き寄せたナイオルが奥歯を噛む。

深々と突き刺さった楔の先端が弾け、甘い蜜が溢れ出す。

「やぁっ……」

熱いほとばしりを受けたルアンはくちびるを噛み、ナイオルの髪をわし摑む。

「あ、あぁっ……」

触られもせずに達したルアンの先端からも精が飛び散る。汗で濡れた互いの肌によって揉みくちゃになるのもかまわず、ふたりは深いキスを交わした。

脈を打つように痙攣する互いのからだを貪り合い、そのまま長椅子へともつれあって倒れる。

「……ナイオル。また、できちゃう……」

子を成したエルフは、約一年間、新たな子を孕まない。それを忘れたルアンの言葉に愛情を感じ、ナイオルはひっそりと微笑む。

「おまえとなら、何人でも……」

「ナイオル……、欲しい。いっぱい……」

うっとりとした目でささやくルアンは、自分の言葉がどれほどナイオルの胸を乱すのかを知らない。ただ美しい夫の髪を引き、熱いくちづけの中で淫らに揺らめくだけだ。

その純粋さを愛するナイオルは目を細める。

新緑色の瞳に映る自分自身を見たルアンは腕を伸ばして、ナイオルを抱き寄せる。

「好き、大好き……」

甘くささやいて、震えた。


互いの肌をぬるい水で流したふたりは、そのまま、また愛し合いそうになるのを制止し合って服を着た。

それでも、熱っぽいキスを繰り返し、手を繋いで寝室へ上がる。羽を休めて眠るピクシーに囲まれたエイダンは、両親のベッドの真ん中で、両手両足をぐんと伸ばした姿で寝息を立てている。

「さて、眠るところがないね」

ナイオルは、言葉ほど困った様子でもなく微笑む。彼に背中から抱かれたルアンは、

「もう少し、眺めていようよ。すぐに大きくなっちゃうんだから」

穏やかに深まっていく家族の夜を満喫して、ナイオルの頬へくちづけた。

天窓からは月の光が、優しく、淡く、差し込んでいた。

あとがき

こんにちは、相内八重です。

新作を手にとっていただき、ありがとうございます。

今回は妖精王となりました。エルフの若き王に溺愛されつつ、可愛い我が子を授かって、あたふたと繰り広げられる育児ものがたり。

楽しんでいただけたら、幸いです。

子どもを早く成長させたり、妊娠出産シーンを早送りしたりするために、いろいろ特殊設定を創作しました。妖精って、木の股とかキャベツの中から生まれるイメージが強いです。これはいったい、なにの影響なんでしょうか……。

それはさておき、ケンタウロスを書けて嬉しいです。

短髪の巻き毛、褐色の肌。そして下半身が馬。最高です。

でも、身長差や生活様式が謎過ぎました（笑）。彼も誰かと恋をすると思うのですが、どうやって性交渉するのか……。高尚なケンタウロスはもはや性欲とかないのかと考えてみたり、そもそも受なのか攻なのか。……本筋とはまったく関係ないですね。

本編では夜泣きしているか、ぐったりしているかの印象が強いエイダンは、お父さんに似た素敵なエルフになるのだろうと思います。王の子どもではありますが、実子が後継者になるわけではないので、今後は成長次第。

彼はどんなお嫁さんを見つけるのでしょう。幼いながらに運命の相手と巡り会うシチュエーションもいいな～と考え、ついついフィキラを想像してみたり。同族とは恋に落ちない親子（笑）。

とりとめなくなりましたので、あとがきはこの辺りで。

本書の刊行に携わってくださった方々に感謝しつつ、最後まで読んでくださった読者の皆さんにも心からお礼申し上げます。ありがとうございました。

相内八重

本作品は書き下ろしです。

この本を読んでのご意見・ご感想・ファンレターなどお待ちしております。**〒111−0036 東京都台東区松が谷1−4−6−303 株式会社シーラボ「ラルーナ文庫編集部」**気付でお送りください。

妖精王と溺愛花嫁の聖なる子育て

2018年2月7日 第1刷発行

著　　者｜相内 八重

装丁・DTP｜萩原 七唱

発 行 人｜曺 仁警

発 行 所｜株式会社 シーラボ
〒111-0036 東京都台東区松が谷1-4-6-303
電話 03-5830-3474／FAX 03-5830-3574
http://lalunabunko.com

発　　売｜株式会社 三交社
〒110-0016 東京都台東区台東4-20-9 大仙柴田ビル2階
電話 03-5826-4424／FAX 03-5826-4425

印刷・製本｜中央精版印刷株式会社

 ISBN978-4-87919-010-9

高塔望生
イラスト：den